庫

宮中の誘い

公家武者 信平《のぶひら》(十)

佐々木裕一

講談社

目次

『公家武者 信平』の主な登場人物

◉**鷹司《たかつかさ》松平《まつだいら》信平《のぶひら》**
家光《いえみつ》の正室・鷹司孝子《たかこ》（後の本理院《ほんりいん》）の弟。
姉を頼り江戸にくだり
武家となる。

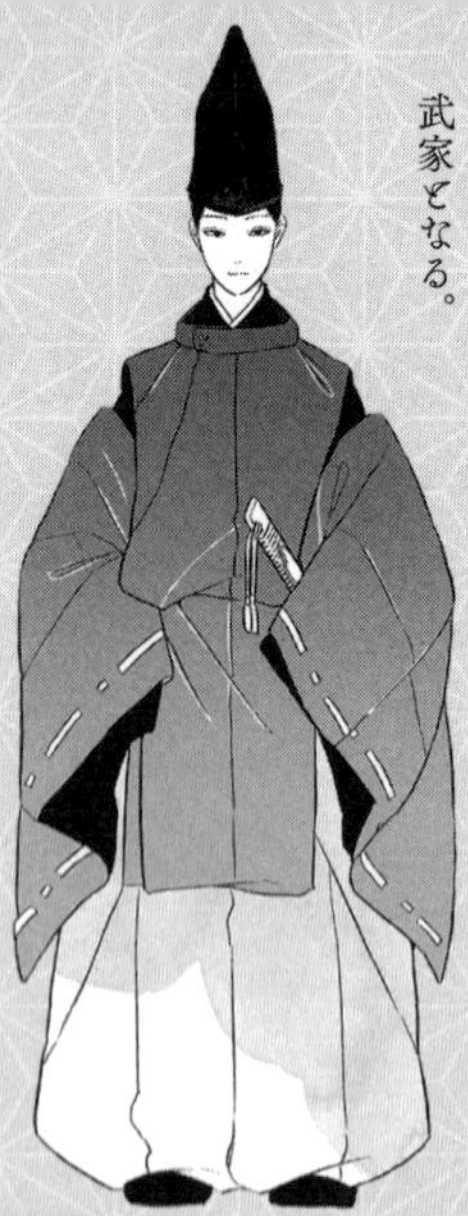

◉**松姫《まつひめ》**
徳川頼宣《とくがわよりのぶ》の娘。
将軍・家綱《いえつな》の命で信平に嫁ぐ。

◉**信政《のぶまさ》**
信平と松姫の一人息子。
元服を迎え福千代から改名し、
修行のため京に赴く。

◉**五味正三《ごみしょうぞう》**
北町奉行所与力。
ある事件を通じ信平と知り合い、
身分を超えた友となる。

⊙**お初《はつ》**　老中・阿部豊後守忠秋《あべぶんごのかみただあき》の命により、信平に監視役として遣わされた「くのいち」。のちに信平の家来となる。

⊙**葉山善衛門《はやまぜんえもん》**　家督を譲った後も家光に仕えていた旗本。家光の命により信平に仕える。

⊙**道謙《どうけん》**　公家だった信平に、京で剣術を教えた師匠。信政を京に迎える。

⊙**四代将軍・家綱《いえつな》**　本理院を姉のように慕い、永く信平を庇護する。

⊙**江島佐吉《えじまさきち》**　「四谷の弁慶」を名乗る辻斬りだったが、信平に敗れ家臣になる。

⊙**千下頼母《せんげたのも》**　病弱な兄を思い、家に残る決意をした旗本次男。

⊙**鈴蔵《りんぞう》**　馬の所有権をめぐり信平と出会い、家来となる。忍びの心得を持つ。

⊙**光音《みつね》**　若き陰陽師《おんみょうじ》。加茂光行《かもみつゆき》の孫。千里眼を持つ。

⊙**下御門実光《しもみかどさねみつ》**　政《まつりごと》の実権を朝廷に戻そうと暗躍する。京の魑魅《すだま》とも呼ばれる巨魁。

イラスト・Minoru

宮中の誘い——公家武者 信平《のぶひら》(十)

第一話　まむしの暗闘

一

赤坂《あかさか》の屋敷《やしき》にいる鷹司松平信平《たかつかさまつだいらのぶひら》は、妻の松姫《まつひめ》と月見台に出ていた。庭の楓《かえで》が、そろそろ散ろうとしている。隣の、紀州徳川《きしゅうとくがわ》家の広大な森にある木々の紅葉は美しく、大木の銀杏《いちょう》が特に色鮮やかだ。

茶をたててくれた松姫が、天目茶碗《てんもくちゃわん》を差し出した。今日の打掛けは白地に秋の草木が描かれて華やぎ、松姫によく似合っている。

微笑《ほほえ》んで手にした信平は、千下頼母《せんげたのも》が領地の宇治五ヶ庄《うじごかしょう》から送った抹茶の味を楽しみ、茶碗をゆっくりと緋毛氈《ひもうせん》に置いた。

引き取る松姫に旨《うま》かったと言うと、松姫は応じ、茶碗に湯を注ぎながら言う。

「昨夜、父上（亡き頼宣《よりのぶ》）が夢に出てまいられました」

「舅殿《しゆうと》の夢は、久しぶりに聞いた」

「はい」

「どのようなご様子だった」

「信政《のぶまさ》のことは案ずるな。笑ってそうおっしゃいました」

「案じていたのか」

松姫は、不安そうな面持ちでうなずく。

銭才《せんさい》とその一味が京に戻ったことを知った松姫は、鞍馬《くらま》山《やま》にいる息子が巻き込まれないかと案じているのだ。

「舅殿は、守っているとお教えくだされたのであろう。師匠もおられるゆえ、こころ穏やかに過ごすことじゃ」

松姫は応じたものの、不安は拭えまい。

それは、信平も同じだった。

銭才が京で集めた兵を皇軍にするには、御旗がいる。それには、徳川と皇族を離したい者を抱き込もうとするはず。

師、道謙《どうけん》は、まだ若き帝《みかど》（霊元天皇《れいげんてんのう》）を後見して院政をおこなっている法皇《ほうおう》（後水《ごみずの》尾《お》天皇）の叔父。

銭才がそのことに気付き、信平と深い関わりがあると知れば邪魔に思い、手を出してくるかもしれぬ。

信政を想《おも》う松姫を安心させようと、舅殿は夢枕に立ったのであろう。

信平は松姫に言う。

「師匠は、銭才の手が迫れば身を隠される。信政は大丈夫だ」

「はい」

松姫はようやく、笑顔を見せた。

十三歳の信政を想う信平は、そのいっぽうで、息子より年下で家督を継ぎ、困難に立ち向かった陸奥《むつ》山元藩主《やまもとはんしゅう》宇多《だ》長門守忠興《ながとのかみただおき》のことも気がかりだった。

江戸に戻って半月。

忠興は今、美濃《みの》大島《おおしま》藩森家《もりけ》のお預けとなり、浅草《あさくさ》の下屋敷《しもやしき》に軟禁されて公儀の沙汰を待っている。

信平は江戸に戻り次第登城し、蜘蛛《くも》の頭領菱《りょう》のことと、山元城で起きた戦の報告と共に、下御門《しもみかど》実光《さねみつ》が京で挙兵する恐れがあると訴えた。だが、その場にいた幕閣たちは奥歯に物が挟まったような返答しかせず、うやむやにされた気がしている。

信平と共に下城した忠興は、山元藩の上屋敷《かみやしき》に戻ったものの、その日のうちに大島藩へのお預けが沙汰され、屋敷を移された。

そのことを信平が知ったのは、つい三日前である。

まだ十二の忠興に、なんの罪があろうか。

そう思う信平は、ただちに登城して将軍家綱《いえつな》に赦免を願おうとしたが、大老酒井《さかい》雅楽頭忠清《うたのかみただきよ》に阻まれ、やむなく屋敷に戻ったのだ。

葉山善衛門《はやまぜんえもん》は、酒井が信平を忠興に関わらせぬのは、下御門が皇軍として挙兵することを阻止するために、さっそく京へ行かせようとしているに違いないと決めつけ、早々と支度を終えて構えている。

だが、待てども酒井から命令は来ず、今日は久々に、松姫を誘って茶を楽しむことにしたのだ。

忠興をどうしてやることもできず、ざわついていた気持ちが、松姫とこうして過ごしているうちに落ち着いてきた。

なるようにしかならぬ。

そう開き直ったとも、言えようか。

松姫に二杯目を望んだ信平は、落雁《らくがん》を口の中でゆっくり溶かした後に、抹茶を飲んだ。

「次は、麿《まろ》がたてよう」

遠慮する松姫と入れ替わり、茶をたてた。

嬉《うれ》しそうに飲む松姫を見ていると、気持ちが和《なご》む。

「松」

「はい」

茶碗を置いた松姫が、膝に両手を揃《そろ》えて見てきた。

京行きが決まれば、留守を頼むと言おうとしたが、決まってからでよいと思いなおし、言葉を変えた。

「信政のことゆえ、今頃は鞍馬山の美しい紅葉を眺め、母に見せたいと思うておろう」

松姫は微笑み、紅《あか》く染まる庭の楓に顔を向けた。

その横顔は、寂しそうだ。

ようやく城から知らせが来たのは、さらに半月が過ぎた日だった。

表の書院の間で面会した信平に、真城平九郎《しんじょうへいくろう》、仁崎影利《にさきかげとし》と名乗った二人は、共に公儀目付役。

「御上意にござります」

あいさつの後に真顔で告げる真城に応じた信平は、上座を入れ替わり、正座して両手をついた。

真城は信平に、下と記された書状を向けて言う。

「山元城でのことは、未来永劫《えいごう》、口外を禁ずる。これに背けば、世を乱す行為として厳しく罰する。尚《なお》、日記など、後世に残る物に記すことも禁ずる」

これに異を唱えることは許されぬ。

「はは、承知いたしました」

応じた信平は、書状を受け取り、うやうやしく見つめて善衛門に渡し、真城に顔を向けて改めて問う。

「御公儀は、このたびのことを、すべてなかったことにされるおつもりか」

真城は渋い顔をして、答えようとしない。

廊下に控えていた江島佐吉《えじまさきち》が、食ってかかる勢いで不服を言おうとしたが、仁崎が睨《にら》み、

「御上意である」

大声で制する。

信平は佐吉を見て、控えるよう目顔で止めた。

佐吉は素直に従い、庭に向いて座りなおした。

真城が信平に、

「ご心中を察しますが、堪《こら》えてくだされ」

そう言って、軽く頭を下げた。

信平は問う。

「なかったことにされるなら、宇多忠興殿は赦免になるのか」

真城は厳しい面持ちで答えた。

「忠興殿は、そのまま森家へのお預かりとなり、宇多家は忠興殿の代で、断絶とあいなりました」

この先忠興は婚礼も許されず、没した後は、宇多家が消滅するのだ。

信平は、きつく瞼《まぶた》を閉じた。

「それではあまりに、忠興殿が哀れというもの。数多《あまた》の家臣を殺し、山元城を奪い取った井田《いだ》家はどうなる。宇多家に厳しい罰を与えられるのならば、井田家にも当然、同等の沙汰がくだるのか」

二人の目付役は、暗い顔で首を横に振った。

真城が言う。

「井田家と宇多家は、国境の村でいざこざが絶えなかったらしく、先に戦を仕掛けたのは宇多家筆頭家老柿田《かきた》善吾《ぜんご》だと判明しました。井田家江戸留守居役は、民のために兵を向けたと主張し、評定所はその訴えを認めて沙汰をくだされたのです」

信じられぬことに、信平たちは言葉を失う。

善衛門が口をむにむにとやり、身を乗り出して問う。

「御公儀はまさか、井田家の主張を鵜《う》呑《の》みにされたわけではあるまいな」

真城は善衛門に顔を向けた。太い眉をぴくりと動かし、憤慨を露《あらわ》に言う。

「そのようなことが、あるとお思いか」

「しかし……」

「葉山殿、もう決まったことですぞ」

異を唱えさせぬ真城の態度に、善衛門は口を閉じた。

信平は、共に行動した茂木《もぎ》大善《だいぜん》のことが気になった。彼は、どう思うているのか。

「茂木殿からは、話を聞かれたのか」

「むろんです」

「御公儀の裁断に、納得されたか」

「はい」

「では何ゆえ、今日は来られぬ」

信平の問いに、真城は渋い顔をした。

「茂木殿は此度《こたび》の件を機に役目替えがあり、二条《にじよう》城の番方を任じられて、すでに江戸を発《た》たれました」

あいさつもなく旅立った茂木の事情を察した信平は、番方は表向きと見た。蜘蛛一党を裏切った薄雪《うすゆき》が言っていた、近々皇軍になる、という言葉の真相を暴くために、京に行ったに違いない。

「茂木殿は、下御門実光を追って行かれたか」

「さようです」

真顔で応じた真城は、仁崎を促す。

応じた仁崎が、信平に言う。

「鷹司様、明日登城せよと、上様の仰せにございます」

「麿にも、京へまいれとおっしゃるか」

「申しわけありませぬ。お召し出しの理由までは、存じませぬ」

「さようか。承知した」

「はは」

二人の目付役は帰っていった。

濡《ぬ》れ縁《えん》に出て、茂木は今頃京かと思う信平は、江戸への帰路に現れた肥前《ひぜん》が投げかけた言葉の意味を考えた。

(見えている物のみが、真の姿ではない。このままでは、世の民が地獄を見ることになろう)

茂木は皇軍の挙兵を阻止するために、京へ急いだに違いない。

信平は、見送りをすませて戻った善衛門に向いた。その面持ちを見て、善衛門が歩み寄って問う。

「殿、明日のことで、何かご心配事ですか」

「明日はおそらく、上洛《じょうらく》を命じられよう。気がかりは、忠興殿のことだ。気を落としていなければよいが」

すると善衛門が、案じる顔をした。

「忠興殿のことは、上様に嘆願されてはなりませぬぞ」

「何ゆえじゃ」

「先ほど玄関で、真城殿から釘《くぎ》を刺されました。井田家は此度の処断で山元城から兵を引き、陸奥は静かになっているそうです。これはそれがしの想像にすぎませぬが、上様が忠興殿に厳しい処罰をくだされたのは、井田家が軍勢を展開させる口実を削《そ》ぐためかと。殿が忠興殿の赦免を懇願されても、上様を困らせるだけかと存じます」

「覆すことは難しいか」

「いかにも」

善衛門は、身を寄せて続ける。

「山元藩の領地は、元は井田家のもの。それを井田家が不服として強引に取り戻したのは、下御門がまいた火種。井田家けしからぬ、と公儀が大軍を陸奥へ向ければ、密《ひそ》かに下御門に与《くみ》する者が挙兵して井田軍に加わり、大戦《おおいくさ》になりましょう」

「そうさせぬために、忠興殿一人が犠牲になったか」

善衛門はうなずいた。

「忠興殿を哀れに思われる殿のお気持ちは痛いほど分かりますが、ここは、ご辛抱くだされ」

「はたしてそれだけで、井田家は静まろうか」

憂いが尽きぬ信平であるが、今は善衛門が言うとおり、赦免の嘆願は控えることにした。

二

翌日登城した信平は、奏者番《そうじゃばん》の案内で黒書院に入り、将軍家綱に拝謁した。あいさつをすませると、家綱から直々に労《ねぎら》いの言葉をかけられ、信平は平伏《ひれふ》した。

面《おもて》を上げるよう言われ、信平は応じて顔を上げた。

家綱は、空色に銀の波模様が入った小袖と羽織《はおり》に、灰色の袴《はかま》を着けている。白い柄と金の鍔《つば》が目を引く脇差は、将軍家伝来の物であろう。

精悍《せいかん》な面持ちの家綱は、信平の右手側にいる大老にうなずいた。

酒井雅楽頭忠清が応じて、裃《かみしも》姿の信平に向き言う。

「此度、鷹司松平殿には、四千石のご加増とあいなり申した」

小姓《こしょう》を介して渡された目録を受け取った信平は、うやうやしく目を向ける。そこには、上野多胡郡吉井村《こうずけたこごおりよしいむら》などが記されている。

村の名を見て驚いた信平は、家綱を見た。

家綱は真顔で言う。

「気付いたか」

「本理院《ほんりいん》様のご領地の一部が入ってございます」

家綱はうなずいた。

「そなたの働きに相応《ふさわ》しい加増を考えていた時、本理院様から申し出があった」

「ご加増いただき、おそれいりまする」

「礼ならば、本理院様にせよ。これよりゆくがよい」

「これから、にございますか」

「長らく顔を見せておらぬだろう。ただし、難しい話はなしだ。下がってよい」

「はは」

裃のまま本丸御殿を出た信平は、その足で吹上《ふきあげ》に渡り、日本橋界隈《かいわい》がすっぽり入るほどの広大な敷地の中を歩んで、本理院の屋敷を訪ねた。

火除《ひよ》けの銀杏に囲まれた屋敷は、落ち葉で金色の敷物を敷いたように見える。もう僅《わず》かな葉しか残っていない大木が寒そうで、季節の移り変わりを感じさせる。

門番に名を告げると、驚いた顔をして引っ込み、すぐに小姓が出てきた。

屋敷の一間に案内されたものの、その小姓から、本理院が病床に臥《ふ》していると教えられ、会えるかどうかは、分からないと言われた。

信平は、是非とも見舞いをしたいと願った。

うかがいを立てに一旦下がった小姓が戻ったのは、案内されて四半刻《しはんとき》（約三十分）後だった。

寝所に通された信平は、下ろされている御簾《みす》の奥に座る本理院の影に向かって平伏した。

「お見舞いにも上がらず、ご無礼をいたしました」

「よいのです。そなたに心配をかけまいと、上様には、言わぬようお願いしていたのですが」

「上様は、おっしゃっておられませぬ。ただ、領地をお譲りくださる礼をしにまいれとのみおっしゃり、参上つかまつりました」

「そうでしたか。かえって気をつかわせました」

「何をおっしゃいます。水臭い」

暗に、姉の病を知らせようとしてくれた家綱の真心に、信平は感謝した。

「本理院様、改めてお礼申し上げます。領地をお譲りいただき、ありがとうございます」

「領民も、わたくしの弟であるそなたがあるじとなれば、安堵《あんど》しましょう。民を思うそなたにまかせられて、わたくしも安心です」

「されど本理院様、何ゆえ領地を手放されます」

病状を案じる信平の気持ちを察したのか、本理院は侍女に、御簾を上げさせた。

久しぶりに見る姉の顔は、病気に苦しんでいる様子がうかがえる。

優しい顔で微笑む姉に、信平は真顔で問う。

「どこがお悪いのですか」

「安心なさい。少し養生すれば治ると、医者から言われています」

「まことですか」

「ほ、ほ、ほ、化粧をしていないから、やつれて見えるのでしょう。わたくしも歳《とし》を重ねましたから、疲れが出たのです」

信平はそばに寄り、本理院の手を取った。

「本理院様は、麿にとって大切な家族です。必ずよくなってください」

本理院は信平を見つめて、困ったような笑みを浮かべた。

「そなたがそのように熱く語るのは、珍しいですね」

信平は、本理院の弱々しい手にそっと力を込め、手を重ねた。

本理院は嬉しそうに言う。

「心配せずともよい。養生をしたおかげで、ずいぶんよくなっているのですから、正月までには床上げをするつもりです。その時江戸におれば、松殿と遊びにいらっしゃい」

「ではそういたします。さ、背中が冷えますから横におなりください」

羽織を取り、手を貸して本理院を横にさせた信平は、夜着を調えて下がり、両手をついた。

「一日も早いご本復《ほんぷく》を願《ねご》うております。またお見舞いにまいります」

頭を下げて辞そうとした信平を、本理院は呼び止めた。

「皆、下がりなさい」

そばに控えていた二人の侍女が応じて立ち上がり、寝所から出て障子を閉めた。

二人きりになったところで、本理院は信平を見て言う。

「そなたは今、難しいことに関わっていると聞きました」

「そのことは、御公儀が動いておりますから、ご案じなされませぬように」

本理院はうなずきつつも、信平を見て続ける。

「公家《くげ》の中には、徳川に冷遇されて恨んでいる者がおります。下御門実光殿も、その一人」

　信平は驚き、枕元まで膝を進めた。

「本理院様は、下御門をご存じなのですか。顔を、見たことはございますか」

「会《お》うたことはありませぬ。大猷院《だいゆういん》（徳川家光《いえみつ》）様にご縁をいただき武蔵《むさし》にくだる時、亡き父がおっしゃったのです。都落ちした公家の中には、徳川の世を終わらせ、朝廷に政《まつりごと》を取り戻そうと願う者が少なからずおるゆえ、将軍家の御台所《みだいどころ》となるそなたを利用せんとする者が現れるかもしれぬ。化粧料として賜《たまわ》った領地のことも、ゆめゆめ油断するなと」

　信平は本理院の目を見た。

「父上がおっしゃったような者が、現れましたか」

　本理院は目を伏せ、首を振った。

「そなたも存じておるように、わたくしは大猷院様から遠ざけられましたから、利用せんとする者は現れませんでした」

「では将軍家は当時から、下御門を警戒していたのですか」

「当時の帝は、徳川と距離をおいておられましたから、世を乱さんとする公家が現れることを警戒したのです。もっとも、徳川将軍家が京から御台を迎えるのはわたくしが初めてのことでしたから、警戒するのは無理もないことでした。そなたが江戸にくだり、旗本に取り立てられた時に、大猷院様が葉山殿を付け、阿部豊後守《あべぶんごのかみ》殿がお初《はつ》を監視役にしたのは、鷹司の血を引くそなたが利用されぬよう、見張らせるためだったのです」

どこか遠くを見るような目をする本理院は、ほんとうは、下御門を知っているのではないか。

信平は直感でそう思い、訊《き》こうとしたが、本理院が顔を向け、手を取った。

「これから先、どのような誘いがあるか分かりませぬが、その渦に、決して巻き込まれてはなりませぬ。信平、よいですね」

「その渦とは、下御門と徳川の戦いのことですか」

本理院はそうだとは言わず、手を強くにぎってきた。

「そなたは徳川の家臣となり、家族を得ました。その御恩を、決して忘れてはなりませぬ」

辛《つら》そうな顔をする本理院に、信平はそれ以上訊くことができず、ただただ、姉の想いに応えるために真顔でうなずく。

「本理院様、どこが痛いのですか」

「大事ない。もう、下がりなさい」

笑みを作る本理院に無理をさせてはいけぬと思う信平は、頭を下げて礼を言い、寝所から出た。

表門まで見送りをした付き人の望月元秀《もちづきもとひで》が、いつになく暗い面持ちで、何か言いたそうな様子だ。

信平は門前で向き合い、望月の目を見て問う。

「本理院様から薬の匂いがしたが、病は重いのか」

望月は一瞬迷った顔をしたが、神妙に応じた。

「医者が申しますには、胸の音がよくないらしく、ご高齢ゆえ、油断は禁物とのことでした」

無理をして会ってくれたのだと、信平は姉を想い門に顔を向けた。中に見える屋敷の表玄関は、ひっそりと静まり返っている。

信平は望月に言う。

「本理院様は止められるかもしれぬが、これからは、ご様子を知らせてくれぬか」

「承知しました。内密に、お知らせいたします」

「頼みます」

信平は頭を下げ、屋敷を後にした。

赤坂に戻ると、先に帰っていた善衛門から知らされた家来たちが出迎えてくれた。このたびの大幅な加増に皆明るい顔をしており、にぎやかにしていた様子が伝わってきた。

善衛門が言う。

「殿、酒宴の支度をしておりますから、着替えてくだされ」

「うむ」

表玄関で迎えてくれた松姫に笑顔で応じた信平は、共に奥御殿に行き、酒宴までの短いあいだに本理院のことを教えた。

夫婦でありながら共に暮らせなかった頃に、密かに会わせてくれた本理院を慕っている松姫は、病状を案じた。

信平は言う。

「そなたの顔を見れば、本理院様も喜ばれよう。だが今は、お疲れになられるのがよくない。望月殿に様子を知らせてくれるよう頼んでまいったゆえ、しばらくはそっとしておこう」

「ではせめて、薬をお送りします。どこがお悪いのですか」

「胸の音がよろしくないようだが、休まれれば、必ずよくなられる。そう心配せずともよい」

「薬師如来《やくしにょらい》に、一日も早いご本復を祈念しにまいりとうございます」

「では、明日まいろう。皆が待っている、加増を祝ってくれ」

松姫は、本理院を案じながらも応じた。

狩衣《かりぎぬ》に着替えた信平は、松姫と共に表御殿に渡り、皆が待つ広間に向かった。

廊下を歩いている時から、五味正三《ごみしょうぞう》の声が聞こえてきた。

信平が江戸に戻って以来、毎日のように顔を出す五味は、善衛門と話しているようだ。

信平と松姫が部屋に入ると、大口を開けて笑っていた五味が居住まいを正し、両手をついた。

「信平殿、奥方様、このたびはおめでとうございます」

かしこまって頭を下げる友に、信平と松姫は笑顔で応じた。

信平が言う。

「今宵《こよい》は、ゆっくりしていってくれ」

「元よりそのつもりです」

笑いながら顔を上げた五味は、佐吉の横に膳を置いてくれたお初に満面の笑みを浮かべて礼を言い、皆と共に祝ってくれた。

さっそく顔を赤くして、佐吉たちと楽しそうにしている五味を見て、松姫はくすくす笑っている。

その笑顔が一番だと思う信平は、しばし憂いを忘れて、皆と過ごした。

三

江戸から遠く離れた陸奥藩井田家の居城、塩竈城《しおがまじょう》では、異変が起きようとしていた。

夜も更け、静まり返る本丸御殿の寝所で一人眠っているのは、当主の井田時宗《ときむね》。

有明行灯《ありあけあんどん》の油が切れる頃、宿直《とのい》の侍女が音もなく寝所に入り、火を絶やさぬよう油を足した。

時宗は、毎夜のことゆえ気にする様子もなく熟睡している。

程なく侍女は、朝まで持つほどの量を足し終え、寝所から出て障子を閉めた。部屋はまた、静寂に包まれる。

翌朝、身支度を整えた時宗は、表御殿の大広間で開かれる軍議に参加した。父宗重《むねしげ》も隠居所から来て、時宗を助けた。

居並ぶ重臣たちが議題に上げているのは、突如常陸《ひたち》の国境に陣を張った公儀の軍勢三万に、どう対処するかだ。

若くて過激な者は、ただちに打って出て、蹴散らすべしと訴えている。

これに対し家老の熊澤豊後《くまざわぶんご》は、

「京から知らせが来るまで待て」

と厳しい口調で言い、重臣を黙らせた。

豊後が待つのは、銭才からの知らせだ。

銭才に与することを約束している者たちが挙兵し、錦の御旗を掲げて西から江戸へ攻めくだるのに呼応して井田の軍勢が動けば、江戸は大混乱に陥る。

豊後は、皆に言う。

「国境に現れたのは、単なる脅しだ。公儀は、山元藩の小童《こわつぱ》に罰を与え、我らには山元の領地を戻した。国境を越えて戦を仕掛けてくることはまずあり得ぬ。今のうちに山元の領民どもを鎮め、兵力を増す。大殿、殿、それでよろしゅうございますな」

己で決め、賛同を求めるだけの豊後に、若い時宗は即答せず父を見た。

渋い顔をして聞いていた宗重は、時宗にうなずく。

応じた時宗は、豊後に向いて言う。

「そうせよ」

この一言を告げるのに、いちいち父の顔色をうかがう若殿に、重臣たちは揃って平伏した。

頭を下げた顔に含んだ笑みを浮かべるのは、豊後だ。

井田家の重臣でありながら、銭才のために尽くす豊後の願いはただひとつ。徳川を転覆させた後の世で主家から離れ、一国のあるじになることだ。

その本心に気付かぬ若き時宗は、

「豊後、頼りにしておるぞ」

こう声をかけ、軍議を締めくくった。

耳の痛いことを重ねる宗重とはさして話をせず奥御殿に戻った時宗は、趣味の短歌を側室と詠《よ》んだ。

孫を望む宗重は、銭才が送り込んだ側室と離れぬ一人息子の行動を咎《とが》めることなく、早々に隠居所に引き上げた。

それを側近の者から知らされた時宗は、

「何ごとも、豊後にまかせておけば安泰じゃ」

呑気《のんき》な言葉を側室に投げかけ、昼間から酒を楽しみ、夜も共に過ごした。

時宗が側室と眠る時は、侍女が有明行灯の油を足しに来ぬ。

行灯の油が切れる頃になって、仰向けに眠る時宗の右目に数滴のしずくが落ちた。

顔を歪《ゆが》める時宗の左目に、さらに数滴落ちる。ようやく目をさまして起き上がった時宗は、濡れた目を手の甲でこすり、匂いを嗅いだ。そして、面倒くさそうな顔を天井に向けた。

その時、油が切れて火が消え、暗くて何も見えない。

添い寝をしていた側室が目をさまして起き上がった。

「殿、いかがなさいましたか」

「余の顔に、水が落ちてきた」

そう言った時宗は立ち上がり、廊下に出て雨戸を開けた。外は冷たい雨が降っている。

空を見上げた時宗は、舌打ちをする。

「どうやら雨漏りのようじゃ。明日修理させよう」

そう言って雨戸を閉めて戻り、自ら布団をずらして、側室を抱いて横になった。

「あ、殿、くすぐったい」

「ふふ、真っ暗というのも、おもしろいな」

などと言い、二人は闇の中で睦《むつ》み合った。

翌朝、目をさました側室が、隣に眠る時宗の胸に頬を寄せ、満ち足りた笑みを浮かべた。

廊下から、

「起きられてもよろしゅうございます」

侍女の声がかかり、雨戸が開けられていく。

明るくなった寝所で身を起こした側室は、ひとつあくびをして、時宗を起こそうと顔を向ける。だが、時宗の様子がおかしい。

「殿……」

声をかけて揺すっても、時宗はぴくりともせず、顔色がやけに白い。

側室は目を見張り、悲鳴をあげた。

驚いて来た侍女が、うろたえる側室をどかせて奥へ行き、布団の中で動かぬ時宗に息を呑んだ。

悲鳴を聞いて駆け付けた他の侍女たちに、医者を呼ぶよう叫ぶ。

奥御殿はにわかに騒がしくなり、小姓と共に、城内に暮らす御殿医《ごてんい》が来た。

家老の豊後も駆け付け、時宗の脈を取る御殿医に問う。

「どうなのだ」

御殿医は脈を取るのをやめ、渋い顔を向けて居住まいを正す。

「呼吸も弱く、このままでは長く生きられませぬ」

豊後は側室を睨んだ。

「昨日はあれほどお元気だった殿が、何ゆえこうなる。何があった」

側室は泣きながら訴えた。

「分かりませぬ。呻《うめ》き声もなく、眠っておられるとばかり思うておりました」

御殿医が言う。

「病ではないように存じます」

豊後が厳しい顔を向ける。

「なんだと言うのだ」

「中風《ちゅうふう》になるお年ではありませぬから、心の臓かと疑いましたが、どうも、違うようです」

「毒か」

疑う豊後に首をかしげて見せた御殿医が、側室に問う。

「落ち着いてお考えくだされ。昨夜、変わったことはありませんでしたか。些細《ささい》なことでも思い出してください」

胸を押さえて気持ちを落ち着かせた側室は、天井を見上げた。

「そういえば、雨漏りがするとおっしゃり、目をさまされました。その後は、何もなかったはずです」

豊後が天井を見上げた。

その場にいる者も見たが、秋田杉の天井板に、雨漏りの染みなどない。

豊後が小姓に言う。

「伊藤《いとう》」

「はは」

「天井裏を調べよ」

応じた伊藤は人を使い、自らも天井裏に入った。

だが、天井裏に何者かが侵入した跡はなく、雨漏りはしていないことが分かった。

伊藤の報告を受けた豊後は、御殿医の治療を受ける時宗のそばに行き、片膝をついて顔を見た。

侍女から渡された打掛けを羽織った側室が、心配そうに見ている。

豊後は、その側室に問う。

「雨漏りと申したが、殿は、どこに水を感じられたのだ」

「しきりに、目を拭いておられました」

豊後は御殿医に険しい顔を向ける。

「目を見たのか」

「いえ」

御殿医が慌てた様子で右目の瞼を開き、続いて、左目を調べた。そして、驚いた顔を豊後に向ける。

「左目が赤くなっております」

「毒ではないのか」

語気を強める豊後に、御殿医は萎縮して言う。

「このような症状になる毒を、わたしは知りませぬ」

豊後は側室を睨んだ。

「何者かが忍び込んだことに気付かぬとは、使えぬ奴《やつ》。銭才様の息がかかった者でなければ、とっくに首を刎《は》ねているところだ」

側室はがたがたと震えはじめ、平身低頭して命乞いをした。

「目障りだ。うせろ！」

今にも脇差を抜きそうな豊後の怒気に怯《おび》えた側室は、侍女に助けられて寝所から逃げていった。

豊後が御殿医に言う。

「命が惜しければ、必ず解毒しろ。死なせてはならぬ」

「はは」

御殿医は解毒の薬草を集めると言い、寝所から出ていった。

時宗危篤の知らせは、すぐさま宗重の耳にも入った。

一人息子の時宗が死ねば、井田家は絶えてしまう。

「なんたることじゃ」

焦った宗重は、密かに江戸から優れた医者を呼ぶべく、上屋敷に人を走らせた。

そのあいだ、御殿医は己が持つ知識のすべてを注《つ》ぎ込み、ありとあらゆる毒消しを試したが、十日が過ぎても時宗は目をさまさず、悪くもならず、良くもならなかった。

心配する宗重のもとに、江戸留守居役の高富仁伍《たかとみじんご》から文が届いたのは、さらに三日が過ぎた朝だった。

書かれているのは、手を尽くして医者を探したが、陸奥に行ってくれる者がいないことだった。息子の身を案じる宗重は苛立《いらだ》ち、文を破り捨てた。それを見ていた側近の者が、恐る恐るもう一通を差し出した。

「こちらは、よい知らせとのことです」

二通に分ける意味があるのかと吐き捨てた宗重は、荒々しく取って開いた。

文には、公儀が陸奥藩の国境に展開させている兵を、すべて引くと決めたことと、将軍家綱が時宗の病を案じており、将軍家の御殿医を遣わしてもよいと言われた内容が記されていた。下御門の手の者に、井田家を乗っ取られることを案じての、特別な計らいだとも。

読み終えた宗重は、文をにぎり締めて、困惑の息を洩《も》らした。

「倅《せがれ》に毒を盛ったのは、徳川ではないというのか」

そうこぼし、考えた宗重の胸に不安が込み上げた。

確かに近頃、藩の重臣どもが宗重を訪ねることがめっきり減り、豊後の館に集うことが多くなっている。

軍議を重ねているものだとばかり思うていた宗重は、信頼する江戸留守居役が文の終わりに記している言葉を読み返した。

それがしも、御家の乗っ取りを案じております。

くれぐれも、油断されませぬように。

「銭才様の配下である豊後と、その軍師戸波《となみ》の仕業《しわざ》というのか」

渋い顔で独りごち、文を見つめた宗重は、火鉢で燃やした。そして文机《ふづくえ》に向かってしばし考えた後、筆を執《と》って文をしたためた。封をした物を側近に渡し、江戸に送るよう命じると共に、豊後と戸波のことを探るよう命じた。

高富が文に書いてよこしたとおり、公儀は日を空けずして、陸奥藩に目を光らせていた兵をすべて引き上げさせた。

その知らせを受けた宗重は、勝利に沸き立つ城の様子を見て、公儀の策略を疑いつつも、迷いが生じていた。旧領の復活を認めたことは、こころ優しい家綱が民を案じてのことではないか。あるいは、銭才の動きを察知して、兵力を京に向けるために引いたのか。

いずれにせよ、時宗が目をさまさねば、井田家に明日はない。

さらに、時宗の解毒の目処《めど》も立っていない中、豊後が重臣たちと勝利の酒宴を開くとの報告を側近から受けた宗重は、豊後に対する疑心がつのり、険しい面持ちで考えをめぐらせた。

四

延宝《えんぽう》二年（一六七四年）の年が明けた。

江戸城では、例年どおりの正月行事が連日おこなわれ、登城した諸大名や旗本のあいだで、陸奥藩のことに触れる者は誰一人いなかった。

また、銭才がいると思《おぼ》しき京の周辺に領地を持つ大名たちも、皆穏やかな様子で、腹の探り合いをする場面もなかったようだ。

そのことを信平に教えた善衛門は、

「まるで何もなかったようで、かえって不気味ですな」

そうこぼした。

罰を受け、さぞ寂しい正月を過ごしたであろう忠興のことを思うと、信平は胸が痛む。

そして日が過ぎてゆき、一月二十日の夜が明けた。この日は、忠興が大島藩の国許《くにもと》である美濃へ送られる日だ。

藩邸を出る刻限を知っていた信平は、朝早く目をさまし、善衛門と佐吉と共に、護送される忠興を見送りに四谷《よつや》の町へ出かけた。

四谷の大木戸は、旅人も少なく静かだった。

霜が降り、身を刺すような寒さの中で待つこと半刻（約一時間）。四谷の商家が並ぶ大通りに、総勢三十人ほどの一行が現れた。

露払いを先頭に、一文字笠《いちもんじがさ》を着けた侍が守っているのは、網を掛けられた黒漆塗りの大名駕籠《かご》。

忠興が乗る駕籠に付き添うのは、刀を持つことを禁じられた付き人が一人のみだ。

「まるで、罪人ではござらぬか」

不服を洩らしたのは佐吉だ。

静かに進む一行は、やがて大木戸に近づいた。

白い狩衣を着け、道ばたに立って見送ろうとしていた信平を一瞥《いちべつ》した侍の一人が、露払いを止める。

侍が信平に駆け寄り、頭を下げた。

「鷹司松平様ですか」

「いかにも」

応える信平にふたたび頭を下げた侍は、配下に命じて、忠興が乗る駕籠を目の前に移動させた。

下ろされた駕籠の網を取られ、戸が開けられた。

鮮やかな青の羽織を着けた忠興が顔を出したが、降りることも、言葉を交わすことも許されない。

忠興はただ、信平に微笑んで頭を下げるのみ。

その笑顔が、棘《とげ》のように胸に刺さった信平は、いつか救われる日がくる、そう声をかけようとしたが、両脇を固める侍が阻んできた。

「人目がございますゆえ、お声がけはご容赦《ようしゃ》を」

公儀の許しを得ていないのだろう。

信平は、計らってくれた侍に礼を言い、忠興を見た。

善衛門と佐吉は、頭を下げている。

忠興は信平に笑顔でうなずいて見せ、前を向いた。

戸が閉められ、駕籠が立つ。

幽閉の地へ旅立つ忠興をどうすることもできぬ信平は、駕籠が見えなくなるまで見送った。

「鷹司殿」

背後から声をかけられたのは、忠興の一行が見えなくなった時だった。

振り向く信平に歩み寄るのは、穏やかな声音《こわね》に見合う面持ちをした三十代の侍だ。

供の者を二人従えた侍は、地味な灰色の羽織袴を着けているが、周囲の者とは格段に違う風格がある。

信平も顔だけは知っているその者は、大島藩主、森能登守忠利《のとのかみただとし》。

歩み寄った森は、信平に頭を下げ、屈託のない笑顔で言う。

「忠興殿のことは、ご心中を察します。ですが、ご心配めさるな」

「それは、どういう意味でしょう」

「立ち話では言えぬことゆえ、よろしければ、我が屋敷へお立ち寄りくだされ」

大島藩の上屋敷は、この近くにある。

忠興のことが心配な信平は、誘いを受けた。

四谷の町中を抜け、市谷《いちがや》の丘にある尾張《おわり》徳川家の屋敷が正面に見える通りを進む。

並んで歩む森は、預かっていた忠興がどのように過ごしていたか教えてくれた。

それによると、大島藩下屋敷の広大な庭が見える客間に幽閉されていた忠興は、食事と手水《ちょうず》に立つ以外は部屋で正座して過ごし、一日の初めには必ず、戦で命を落とした者たちを弔うために読経をしていたという。

世話をする森家の家来は、忠興のそんな姿に胸を打たれ、

「それがしの愚息めは同い年ですが、忠興殿を見ていると、己の躾《しつけ》が足りぬことを思い知らされます」

そう、言ってきたという。

一つ歳を重ねたとはいえ、十三歳といえば遊び盛り。

我が子信政も修行を重ねているが、師、道謙のもとへ出すまでは奔放に暮らしていたことを思えば、幼くして藩主となった忠興に、そんな時はなかったであろう。

森が言う。

「わたしも幾度かお目にかかりましたが、十三歳とは思えぬ落ち着きようで、驚きま

した」

信平はうなずいて言う。

「辛い目に幾度も遭わされたことが、忠興殿を大きくしたのかもしれませぬ」

「先が楽しみだと、上様もおっしゃっておられました」

「上様が……」

「話の続きは、茶など飲みながらいたしましょう。こちらです」

大きな商家の角を曲がった通りの奥に、森家の表門があった。

六万石の大名に相応しく、石垣畳出の両番所付き長屋門には、二人の門番が立っている。

外出していたあるじが戻る姿を見て一人が中に入り、大門を開けた。

森に促されて門を潜った信平は、表玄関で用人に狐丸《きつねまる》を預け、そこで善衛門と佐吉と別れた。

森に案内されたのは、泉水を眺められる渡り廊下の先にある茶室。

六畳の部屋に入ると、すでに茶釜から湯気が上がり、支度が調えられていた。

座した信平は、森が障子を閉めるのを待って問う。

「麿が見送りに来ることを、察しておられましたか」

座した森は、微笑んでうなずいた。すぐに笑みを消して言う。

「忠興殿のことをお伝えするよう上様から仰せつかり、見送りにまいられるだろうとふんでお待ちしておりました」

「そうでしたか。して、上様はなんと」

「忠興殿のことは、このまま埋もれさせはせぬとのことです」

「では、御家の再興を許されるのですか」

「いずれ、ですが」

何年かかるか分からぬという意味に解釈した信平は、それでも安堵した。

「目の前にかかっていた霧が晴れた気分です」

森は笑ってうなずき、茶をたてはじめた。

越冬している水鳥が泉水を泳ぎ、茶室に近づいてきた。茶筅《ちゃせん》を使う音と、庭にいる野鳥の声がするのみで、静かな時が流れる。

庭を眺めながら、忠興の行く末を考えていた信平は、差し出された黒茶碗を引き取り、香りと苦みがよい茶を飲み、畳に置いた。

引き取った森が、向き合って信平の目を見た。

「本日はもうひとつ、お伝えしておきます」

信平は居住まいを正し、うなずく。

「信平殿は、公儀が井田家を不問にしたことを不服に思うておられましょうが、今は堪えてくだされ」

「井田家は下御門の軍門にくだっております。京の銭才が兵を挙げれば、江戸は挟み撃ちになりかねませぬが、何か、策があるのですか」

森はうなずいた。

「今、井田家の徳川に対する忠節を取り戻すために動いております。これからは、このわたしにおまかせくださり、信平殿は新しき領地の運営にお励みいただきたい」

「下御門にも、銭才にも関わるなと」

「上様の思し召しです」

信平は納得した。

「確かに、麿は力及ばず、忠興殿には辛い目に遭わせました」

「思い違いをなされますな。上様は、信平殿には酷なことをしたと、後悔しておられるのです。井田家を舐《な》めてかかった公儀の怠慢が招いたこと。これからは、下御門の思惑どおりにさせぬため、わたしに命令がくだされたのです」

森の家柄を知らぬ信平は、何か策があってのこと、としか思わず、踏み入ったことを知ろうとはしなかった。

「では、ゆるりとさせていただきましょう」

信平がそう言うと、森は優しい笑みを浮かべてうなずいた。

信平は、山元城の戦いで命を落とした民たちの顔を思い出し、訊かずにはいられなくなった。

「大きな戦に、なりますか」

森は真顔を横に振る。

「公儀は、井田家を攻めませぬ。隠居の宗重殿は、家中《かちゅう》に深く入り込んでいる銭才の配下を、近いうちに廃すでしょう。その後は必ず、徳川の下へ戻るはず。そうなれば、井田家と手を組んで徳川に弓引こうとしていた者どもも、明るみに出るはず。世を乱さんとする者は、我らが始末をつけますから見ていてくだされ」

おごり高ぶった態度ではなく、冷静に発言をする森には確かな自信があるのだと思う信平は、教えてくれた礼を述べ、赤坂に帰った。

家路では、善衛門と佐吉に茶室でのことを語らず、表御殿の自室で二人と向き合い、詳細を教えた。

佐吉は真っ先に、不服を訴えた。

「殿に関わるなとおっしゃるのは、どうにも、山元城を奪われたことを責められている気がして腹が立ちます」

「佐吉、そのように曲げて考えるな。御公儀が本気で動き出したのだ」

「そこです。殿では力不足だと言うておるようなものではないですか」

憤慨して言う佐吉は、賛同せぬ善衛門を見た。

「葉山殿は、まさか納得しておられるのですか」

善衛門は一度佐吉を見て、難しい顔で腕組みをした。

信平が問う。

「善衛門、心配事か」

「いえ、森殿のことを考えていたのです」

佐吉が口を挟む。

「森殿が、どうしたというのです」

「今、家光公のおそばにお仕えしていた頃の記憶を辿《たど》っておるのだ。大島藩のことを聞いたことがあるのだが、あれはなんだったか……」

そこまで言って黙り込み、考える善衛門。

信平と佐吉は邪魔をせぬよう、黙って待っていた。

ぶつぶつ口の中で何かを言いつつ、天井や庭に顔を向けていた善衛門が、やっと思い出した、と言い、すぐさま、信平に教えた。

「大島藩森家は、徳川屈指の刺客衆を束ねる頭領です」

想像もしていなかった信平は、眉根を寄せた。

「能登守殿の穏やかな様子からは微塵《みじん》も感じられなかったが、間違いないのか」

善衛門は、いかにも、と言って、真剣そのもの。

「家光公のおそばにお仕えして間もない頃に一度だけ、森家の先代と話されていたのを耳にしたことがございます。それ以来、森家の者と上様が二人きりでお会いすることがなく、忘れておりましたが、ご当代も受け継がれているとすれば、期待できますぞ」

「将軍家が頼りにされているということか」

「いかにも。ただし、これから話すことは、家光様のおそばにおったそれがしだからこそ耳にしたこと。公儀の者も、ごく一部しか知らぬことゆえ、ここだけの話にしてくだされ」

「分かった」

信平が応じると、善衛門は佐吉を見た。

「おぬしもだぞ」

「承知」

「障子を閉めてくれ」

佐吉は善衛門に応じて障子を閉め、近くに寄った。

善衛門が小声で教えたのは、赤蝮《あかまむし》という、刺客衆のことだった。

森家の先祖は、まむしと呼ばれた美濃の戦国武将、斎藤道三《さいとうどうさん》に仕えていたが、道三亡き後は織田信長《おだのぶなが》に召し抱えられた。信長は、まむしが育てた森の刺客衆のことを赤蝮と呼び、重用していたという。その信長が、明智光秀《あけちみつひで》の謀反により命を落とした後は、同じ美濃の出である光秀を討ち取った羽柴秀吉《はしばひでよし》ではなく、家康《いえやす》に拾われて今がある。

豊臣《とよとみ》の姓を得て、天下人となっていた秀吉の臨終は、実は家康による暗殺であり、手をくだしたのは赤蝮の頭領だという説があるのだと、善衛門が大真面目な顔で語った。

戦国時代の逸話に、佐吉は目を輝かせている。

「それは、まことのまことにござるか」

大きな身体《からだ》を乗り出して訊く佐吉に、善衛門はのけ反るようにして、

「わしが言うのだから、まことに決まっておろう」

煙もないのに煙たそうな顔をして言い切った。

そんな善衛門を見ていた信平は、徳川の秘密ともいうべき説を知るのは、家光のそばに仕えていた善衛門だからこそか、と思い、同時に、世を乱さんとする者は、我らが始末すると言った森の、冷静な面持ちが頭に浮かんだ。

「赤蝮か」

ぼそりと言う信平に、佐吉と善衛門が注目した。

信平は、二人を順に見て微笑む。

「森殿がどう始末をつけられるか、この目で見てみたいものじゃ」

善衛門が両手をついた。

「それがしが、殿の耳目《じもく》となりましょう」

その気になれば難しくはないだろうと思う信平は、善衛門に頼むと言い、松姫がいる奥御殿へ下がった。

五

一月三十日。

雪が降りしきる日の昼すぎ、鶴宗《つるむね》こと宗重は、日に日に弱っていく時宗を見舞っていた。

色白だった時宗の顔面は赤黒く変色し、息も弱々しい。そんな一人息子の手を取った宗重は、沈痛の面持ちを一変させて怒気を浮かべ、控えている二人の御殿医を睨んだ。

「何ゆえようならぬのだ、この役立たずめ」

五十代と四十代の御殿医は平伏し、五十代のほうが言う。

「おそれながら申し上げます。あらゆる手を尽くしましたが、殿のこれまでの不摂生が元で臓腑《ぞうふ》が弱っておいでのため、毒消しが効きませぬ」

「黙れ！　おのれらの腕の悪さを、倅のせいにするとは許せぬ。誰か、この二人を城から引きずり出し、首を刎ねよ」

二人の御殿医は恐れおののき、四十代のほうが言う。

「おそれながら大殿様、我らは嘘偽りを申しておりませぬ。どうか、命ばかりはお助けを、どうか、どうか」

揃って必死に命乞いをする御殿医は、これまで宗重が頼りにしてきた者たち。

二人に勝る医者は国許にいないという側近の慰めもあり、気持ちを落ち着かせた宗重は、どうにかしろと言って脈を取らせた。

御殿医たちはその場で、毒消しと滋養の薬を煎じた。

時宗が寵愛《ちょうあい》している側室が受け取り、口移しで入れようとする。

「待て」

止めた宗重は、銭才の息がかかった側室に、疑いの目を向けている。

それを知ってか、薬の器を置いた側室は、宗重と目を合わせようとせず下がり、寝所の入り口で控えた。

目で追っていた宗重が、御殿医に言う。

「薬に毒が入れられておらぬか調べよ」

二人の御殿医は驚いた顔をした。

五十代のほうが、戸惑いながら言う。

「御側室様が毒を盛られたとお疑いですか」

「用心のためじゃ。早《はよ》うせい」

「はは」

五十代の医者は器を取り、調べにかかった。

四十代のほうが薬を口に含んで確かめ、変わりないと言うと、器を調べた五十代の御殿医も、怪しいところはないと続く。

納得した宗重が、側室に言う。

「気を悪くするな。倅に毒を盛られて以来、わしは用心を重ねておるのだ」

「ごもっともなことにござりまする」

「そなたの名を覚えておらぬが……」

思い出そうと目を細める宗重。

側室は両手をついて答えた。

「紗代《さよ》にございます」

「おお、そうであった。紗代殿、倅に薬を飲ませてやってくれ」

「はい」

紗代は立ち上がって時宗に寄り、御殿医から受け取った薬を口移しで飲ませようとするのを見た宗重が、ふたたび止めた。

「口移しではなく、さじで飲ませよ」

紗代は戸惑った。

「それでは、こぼれてしまいます」

「少々は構わぬ。口移しはならぬ」

油断せぬ宗重に応じた紗代は、少しずつ飲ませた。

見ている限りでは、あまりこぼれていない。

満足した宗重は、これからはそうせよ、と命じて紗代を下がらせ、時宗を見守った。

口移しを止めさせても容態は変わらぬまま、二日が過ぎた。

この日も見舞いに来ていた宗重は、御殿医と紗代を寝所から遠ざけ、親子二人だけで過ごしていた。なぜならこの日は、宗重の待ち人が来るからだ。

日が落ち、暗くなってから寝所に来たのは、密かに国入りした、江戸留守居役の高富仁伍だった。

「大殿、お久しぶりにございます」

懐かしむ高富が連れてきたのは、三十代の男。身なりは従者に見える。

高富はその者を中に入れて障子を閉め、神妙に言う。

「このお方が、将軍家御殿医殿です」

期待を込めた目を向ける宗重に、男は伊良子《いらこ》道馬《どうば》と名乗り、頭を下げた。

長らく藩主として将軍家に仕えた宗重は、聞き覚えのない名前に疑う顔をする。

「わしが知る限りでは、将軍家の御殿医にそなたの名はなかったはずだが、新参者か」

道馬は顔色ひとつ変えずに応じる。

「諸侯がご存じの者たちこそが、新参者にございます。我が伊良子家は、家康公が江戸に入府される以前からお仕えしており、わたしは四代目になります」

宗重は目を見張った。

「ほほ、なんともそれは、おそれ多いことじゃ。上様は、将軍家秘蔵の士を、外様《とざま》の当家にお遣わしくだされたのか」

道馬は真顔でうなずく。

「上様は、井田家のことを以前から案じておられます。井田家の血を絶やしてはならぬ、なんとしても時宗殿をお救いしろと命じられ、馳《は》せ参じました」

「まことと上様は、こころ優しきお方よの」

そう言った宗重は、これまでのことを恥じているのか、口をへの字にして、膝に置いている手に拳を作って下を向いた。そして顔を上げ、道馬に懇願する。

「どうか、倅を助けてくだされ。このとおり」

「では、診させていただきます」

布団で眠る時宗のそばに座った道馬は、まず脈を取り、続いて寝間着の前を開いて身体を調べた。

時宗の身体は、顔と同じように赤黒く、そうでない部分と斑《まだら》になっている。

渋い顔をした道馬は、汗ばんでいる首筋に顔を近づけて匂いを嗅ぎ、困ったように唸《うな》った。

高富が案じて訊く。

「先生、何か分かりましたか」

道馬は渋い顔を向け、続いて宗重を見て言う。

「わたしは数多の毒を知っていますが、肌がこのようになったのは初めて見ました。身体から染み出る匂いもしかり」

宗重は眉間に皺《しわ》を寄せた。

「そなたは、汗で毒を嗅ぎ分けられるのか」

「おおかたの毒ならば、汗の中にまじって出ますから分かるのですが、時宗様の汗の匂いでは、分かりませぬ」

　宗重は落胆した。

「もはや、打つ手なしというのか」

「少々お待ちを」

　道馬は思い出したように言い、持ってきていた風呂敷《ふろしき》を解いた。五冊の書物から一冊を選び、開いて見る。そして、中ほどまでめくったところで手を止めた。

「これだ」

　謎が解けてすっきりしたような顔を上げ、よき答えを期待する面持ちで身を乗り出していた宗重に言う。

「かつて大陸に明国《みん》が存在した時代に、家康公が富国のために、交易を盛んにされていたことは周知のとおりですが、悪《あ》しき物も日ノ本《ひのもと》に入っておりました。その中には、目から入っただけで人を死に至らしめる猛毒も含まれていたのです。宿敵である豊臣方から暗殺をくわだてられるのをもっとも恐れられていた家康公は、当家の二代目に、毒を調べ、解毒薬を作るよう命じられました。その時に調べた毒のことが、ここに記されているのです」

　道馬は隠すことなく書物を差し出し、その部分を示した。

古い書物を受け取って読んだ宗重は、目を見張る。

「まさか、蠱毒《こどく》ではあるまいな」

蠱毒とは、古代中国で使われた物で、蛇や虫など、毒を持つ生き物を百種類集めて瓶などに閉じ込めて共食いさせ、生き残った物を用いて人を毒殺すると記されている。

だが道馬は否定した。

「こちらのほうです」

隣を示された宗重は、読んだ後に道馬を見た。

「明国で作られた猛毒とある」

道馬はうなずいた。

「日ノ本にはない毒草を集めて擂《す》りつぶし、雄黄《ゆうおう》、丹砂《たんじゃ》などの鉱毒を加えて作られた物で、毒に冒された者は皮膚が斑になるため、二代目はこれを、黒斑毒《こくはんどく》と名付けました」

「そう書いてある。ここに、解毒と書かれているがどうなのじゃ」

焦り、書物を指差して迫る宗重に、道馬はうなずく。

「ございます。二代目は見事黒斑毒の解毒薬を作り、家康公の憂いをひとつ取り除いた功名により、永代の御殿医を約束されました。そのおかげで、当家の今がございます」

「それは祝着《しゅうちゃく》」

「ご無礼、わたくしごとを長々と申し上げました」

恐縮する道馬の人柄を気に入ったらしく、宗重は書物を返し、そのまま手を取って願った。

「謝礼は、そなたの思うまま出そう。どうか、倅の命を救ってくだされ。このとおり」

頭を下げる宗重に、道馬は恐縮気味に応じた。

「ではさっそく、徳川秘蔵の毒消しを飲ませてさしあげます」

道馬は荷物から袋を取り、粉薬を水に溶かした。

時宗の口に指を入れて少し開けさせたところで、慌ただしく廊下を歩む音がして豊後が現れた。

宗重に敬意を示すあいさつもしない豊後は、左手に持つ太刀の鯉口《こいぐち》を切り、道馬を睨んで言う。

「大殿、徳川を頼るとは、どういうことですか」

宗重は苦い顔をした。

「騒ぐな豊後、時宗と、井田家のためじゃ」

「無用！　者ども、こ奴を捕らえよ！」

有無を言わさぬ豊後の命に従った藩士たちが、逃げようとした道馬を取り押さえた。

道馬は慌て、恐れ、宗重に助けを求めた。

だが宗重は、うつむいて何も言わぬ。

豊後が命じる。

「即刻刑場に連れて行き、磔《はりつけ》にせよ」

「はは」

道馬は叫んだ。

「わたしはただの医者です。命ばかりはお助けください！　宗重殿、宗重殿！」

「黙れ！」

藩士の手で寝所から引きずり出された道馬は、顔をたたかれ、腹を蹴られて呻いた。

連れて行かれる道馬に目を向け、残念そうな顔をしていた宗重は、薬が置かれたままになっていることに気付いて取ろうとした。だが、目の前で器に太刀の鐺《こじり》が打ち下ろされ、薬と割れた破片が散った。

宗重は、豊後を見上げる。

「時宗の死を望むか」

豊後は下がって片膝をつき、頭を下げた。

「あり得ませぬ。それがしは殿を思えばこそ、徳川の者などに触れさせてはならぬと思い排除したのです」

「しかし、このままでは倅は死ぬ。うまく利用すればよいではないか」

そう言う宗重に続き、高富も道馬を呼び戻すよう懇願した。

だが豊後は、鷹《たか》のような鋭い目で二人を順に見て、宗重に言う。

「まったくもって、めでたい人たちだ」

高富が憤って片膝立ちになる。

「豊後殿、無礼であろう」

「まだ分からぬのか！」

大音声《だいおんじょう》の一喝に、高富は息を呑む。

豊後は宗重を見据えた。

「我らが力ずくで旧領を取り戻したというのに、徳川は大軍をもって井田家を成敗しに来ぬどころか、山元藩主を罰した。そのいっぽうで、我らが勝利に沸いた直後に殿が毒に倒れられた。そして本日、まるで恩を売るかのごとく徳川の御殿医をよこしたのは、誰の目から見ても怪しい。徳川は大殿、そなた様に恩を押しつけ、銭才様から離そうとしているのです」

宗重はため息をついた。

「そのようなこと、言われずとも分かっておる。じゃがこのままでは、時宗が死んでしまうではないか」

豊後は余裕の顔をした。

「ご案じなさいますな。本日は、医者を連れて来ております。呼んでまいれ！」

豊後の命に応じて藩士の一人が去り、程なく、総髪を束ねた三十代の医者が連れてこられた。

豊後が宗重に言う。

「この者は、銭才様の脈を取ることを許された、優れた医者にございます。友村《ともむら》殿、殿の身体から毒を消し去ってくだされ」

「はは、承知いたしました」

豊後に頭を下げ、宗重にも頭を下げて時宗に近づく友村。

時宗の身を案じる宗重は、銭才の脈を取る者ならば、と認め、見守った。

まずは斑の皮膚を診た友村は、道馬と同じく、明国で使われていた毒だと判断し、長崎で手に入れたという毒消しを見せた。

「これを服されれば、三日ほどで起きられるようになりましょう」

その言葉に、宗重は安堵した。

「頼みます。飲ませてやってくだされ」

微笑んで応じた友村は、薬を水に溶かし、時宗の口に入れた。そして、宗重に向き直って言う。

「毒消しはすぐに効きましょう。念のため、明日の分も置いておきますから、朝と夕に飲ませてください」

「あい分かった。快癒すると信じて、そちに礼を取らす、好きなだけ申せ」

「豊後様からいただいておりますゆえ、ご心配なく」

友村に続いて、豊後が言う。

「今宵は念のため、殿のおそばに控えさせます」

宗重は頼むと言い、時宗を見た。

豊後が言う。

「大殿、お顔の色が優れぬご様子。近頃あまり眠られてらっしゃらぬと聞いております。お身体に障りますから、ご安心なさり、ゆるりとお休みください」

時宗の表情が和《やわ》らいだ気がした宗重は、豊後の気遣いに応じて下がろうとした。ところが、時宗が急に苦しみはじめ、宗重が声をかけた刹那《せつな》に血を吐いた。

「こ、これはどういうことじゃ！　時宗、時宗しっかりせい！」

胸をかきむしるようにして苦しむ時宗は、そのまま絶命した。

愕然《がくぜん》として声も出ぬ宗重は、恨みに満ちた顔で友村の首をわしづかみにした。

苦しむ友村に、宗重が声をしぼり出す。

「おのれ、よくも」

充血した目を見開き、脇差を抜いた宗重は、友村を突き殺した。そして、次の間にいる豊後を睨む。

「おのれはやはり、銭才の命で井田家を乗っ取る腹であったか」

豊後は慌てた。

「何をおっしゃいます」

「黙れ！　わしの目の前で毒を盛らせたではないか。次はその太刀で、わしを斬るつもりであろう！」

「大殿、それは違います」

「寄るな！」

近づこうとした豊後に刃を向けた宗重は、高富に捕らえよと命じた。

高富は大声をあげ、人を呼んだ。

三人の小姓たちが豊後を囲み、駆け付けた十数人の藩士たちが抜刀し、逃げ道を塞ぐ。

豊後の助太刀をするのは、館に出入りしていた重臣の三人と、側近の戸波だ。

宗重が重臣たちに、怒りを込めて言う。

「やはり貴様ら、裏切っておったか」

すると重臣の一人が、必死に訴えた。

「大殿、これは我らを争わせる罠《わな》です。高富こそ、徳川の犬になり下がっておるに違いありませぬ」

高富が憤慨した。

「何を言うか！　目の前で殿を殺《あや》めたのは、豊後が連れてきた医者だ」

息子を目の前で殺された宗重は、冷静さを失っている。豊後を指差して言う。

「者ども構わぬ、この裏切り者どもを斬れ！」

藩士の一人が命令に従い、豊後に斬りかかった。

太刀を抜いてそれを一刀で斬り伏せた豊後の剛剣に、他の藩士たちは下がる。

重臣たちは藩士たちに襲われ応戦するも、背中を斬られ、あるいは左右から突かれて、命を落とした。

二人の藩士が、豊後の左右から斬りかかった。

豊後は右から来た者の刀を太刀で弾き上げ、左から斬りかかった藩士の刀をかわすと同時に、片手斬りで背中に致命傷を与え、藩士たちに大声をあげて迫った。

戦国の猛将にも勝る気迫に、藩士たちは怯《ひる》んで逃げた。

戸波の腕を引いて助けた豊後は、廊下に出ている宗重に言う。

「高富が連れてまいった医者が、何か細工をしたに違いありませぬ。今一度、大殿の御前に引っ立て、我らの潔白を証《あか》して見せまする」

藩士たちに太刀を向けて油断なく下がった豊後と戸波は、走り去った。

追おうとする藩士たちを止めた宗重は、高富に言う。

「豊後が兵を集めて戻るやもしれぬ。わしに従う兵を集め、城の門を閉じよ」

「はは！」

血の気が失《う》せた顔で応じた高富は、藩士たちに戦の支度だと告げて去り、城は騒がしくなった。

六

捕らえられた伊良子道馬は、縄で身動きを封じられて唐丸駕籠《とうまる》に押し込められ、城下町の外にある刑場に護送されていた。

豊後と戸波が追い付いたのは、丘の一部を切り開いた刑場が見えた頃だ。

護送の列を止めた豊後が太刀を抜き、道馬に切っ先を向けて言う。

「そのほう、殿に毒を盛ったであろう」

道馬は困惑の面持ちをした。

「毒消しを服させようとしたわたしを止められたではありませぬか。言いがかりはおやめください」

豊後は憎々しげな顔で言う。

「わしに嘘は通用せぬ。大殿の前で拷問にかけ、白状させてくれる。者ども、引き返せ」

二人の藩士が従ったが、頬被《ほおかぶ》りをして駕籠を担いでいた下僕の四人は、豊後の命令に従おうとしない。

戸波が怒り、下僕を指差す。

「何をしておる！　戻らぬか！」

大声で従わせようとしたが下僕たちは動かぬ。

その者たちの異様な様子に、今になって気付いた豊後は、周囲に誰もいないこの場の危うさに、余裕の笑みを浮かべた。

「なるほど、まんまとおびき出されたか。おのれらは何者だ」

戸波と二人の藩士が驚いた顔をして豊後に近づき、刀を抜いて下僕を警戒した。

下僕の四人は、流れるような動作で豊後と戸波を囲み、寄り棒に仕込んでいた刀を抜いた。

斬りかかる刺客の一撃を太刀で弾き上げた豊後は、背後から斬りかかった別の刺客の刀を見もせずかわし、空振りした刺客の肩をめがけて太刀を打ち下ろした。

鎖《くさり》帷子《かたびら》を着けた刺客であるが、それごと切り裂かれて倒れた。

「おお！」

気合をかけた豊後が、正面の刺客に太刀を振り上げて斬りかからんとした時、目を見開いて止まった。

振り向いた先には、囚《とら》われているはずの道馬が立ち、鋭い目を向けている。そして道馬の手には、吹き矢の筒がにぎられていた。

襟首《えりくび》から抜いた矢を捨てて片膝をついた豊後は、太刀を支えにして耐え、道馬を睨む。

「殿に毒を盛ったのは、おのれか」

道馬は近づき、真顔でうなずく。

戸波が叫んだ。

「豊後殿！」

恨みに満ちた目を道馬に向けて迫る。

道馬は、斬りかからんとする戸波を見もせず、右腕を振るう。

投げられた小柄が眉間に突き刺さった戸波は、呻き声もあげずに顔から倒れ、砂煙を上げた。

二人の藩士は逃げようとしたが、刺客に追い付かれて斬殺された。

戸波と藩士たちの死を間近に見た豊後は、歯を食いしばって起きようとしたが、身体がいうことをきかず仰向けに倒れた。苦しむ豊後の顔を見下ろした道馬が言う。

「おぬしらは、戦国の世を生き抜いて天下を取った徳川を、甘く見ている。井田家は間もなく、徳川のもとへ戻ることになるのだ」

「わしを殺したと大殿が知れば、ふたたび兵が動く。そうなれば、我らに与する近隣の者が兵を挙げる。今の徳川に、大軍を押し返す力はない」

道馬は動揺しない。

「おぬしがわたしを連れ戻しに来たのは、時宗に毒を盛った疑いを晴らすためであろう。今頃城は、おぬしを警戒する宗重が兵を集め、戦支度をしているはずだ。その最中に宗重が暗殺されれば、家臣どもはどう思うだろうな」

「徳川を、疑うに決まっておろう」

「宗重が、おぬしが井田家の当主に取って代わろうとしていると思うていても、そうなるであろうか」

豊後は目を見張った。

「高富か。奴を、徳川に引き込みおったな」

「あの者は、我らが井田家に送り込んでいた者だ」

「徳川の間者《かんじゃ》だというのか」

「いかにも」

豊後は、悔しさを露に道馬につかみかかろうとしたが、毒が回って起きることができない。手だけを向け、悔しそうな顔をして唸った。

道馬が見据えて言う。

「おぬしには、このまま消えてもらおう。乗っ取りをしくじったおぬしが逃げたことにすれば、井田家家中の者は、銭才を恨む」

「おのれ！」

豊後は喉の奥から声をしぼり出し、起きようとした。その時、口から泡を吹いたかと思えば身体の力が抜けて、目を開けたまま絶命した。

道馬は死に顔を見つめたまま、配下たちに骸《むくろ》を埋めるよう命じた。

この時城では、集まった兵を前に宗重が大声をあげて、豊後の裏切りを伝えていた。

「者ども、豊後に井田家を乗っ取られてはならぬ。城の守りを固めよ」

応じた兵たちが、各持ち場に散ってゆく。

宗重は、残った重臣たちに守られながら本丸御殿に戻り、戦に備えた。

大広間で重臣たちと軍議をはじめる宗重に歩み寄った高富は、耳打ちした。

「紗代が逃げようとしています」

「何！」

「あのおなごは、やはり怪しゅうございます。大殿自ら、成敗されてはいかがですか」

そう進言した高富は、うやうやしく頭を下げた。

時宗を殺された恨みに我を失っている宗重は、高富を疑わぬ。

「よし、わしが白状させてくれる。付いてまいれ」

「はは」

奥御殿へ急ぐ宗重に従った高富は、途中で刀を渡した。

部屋を出て、時宗のそばに行こうとしていた紗代は、抜刀した宗重を見て目を見張り、侍女を置き去りにして逃げた。

宗重が追う。

高富は、人を近づけるなと侍女に命じ、後に続く。

逃げる紗代は、人気のない場所で立ち止まり、隠し持っていた小太刀を抜いた。

高富が指差す。

「やはりおのれは、銭才が送り込んだ刺客であったか」

「違う」

「黙れ!」

怒鳴った宗重が斬りかかり、紗代は抵抗むなしく、斬られた。

うつ伏せに倒れて呻く紗代を見下ろした宗重は、恨みに満ちた顔で、とどめを刺すべく刀を振り上げた。

その胸から、刀の切っ先が突き出たのはその時だ。

呻き、顔を歪めて両足をつく宗重。

血を吐いて倒れた宗重は、真顔で見下ろす高富に目を見開いたが、そのまま息絶えた。

血に染まる小刀を、虫の息となっている紗代の右手ににぎらせた高富は、大声で人を呼んだ。

駆け付けた藩士たちに叫ぶ。

「この者が大殿を刺した。医者を呼べ!」

藩士たちは慌てふためき、医者を呼びに走る。

紗代が悔しそうな顔をして何か言おうとしていたが、高富は、大殿を失った家臣を演じている。

紗代は程なく、目を開けたまま息絶えた。

七

井田宗重と時宗親子が命を落とし、熊澤豊後までも行方《ゆくえ》知れずとなったことは、翌日には隣国の福島《ふくしま》城に伝わった。むろん、赤蝮が故意に流したことだ。

密かに豊後と通じていた福島城代の戸部《とべ》某《なにがし》は、徳川の暗殺を恐れ、僅かな供を連れて城から逃げた。銭才を頼って京に向かおうとしていたものの、半月後に、福島の川に浮かんでいるところを発見された。

赤蝮の手によって、命を奪われたのだ。

豊後と戸部の死はやがて、京の某所にいる銭才の知るところとなった。

陸奥七十万石と、福島二十万石を失った銭才は、香炉をつかんで庭に投げ捨て、怒りに満ちた顔をするものの、すぐさま、落ち着きを取り戻した。

質素な部屋の中には近江《おうみ》と肥前《ひぜん》がおり、銭才のそばには、猿姫《さるひめ》こと、お絹《きぬ》がいる。

銭才は、無表情でいるお絹の色白の手を取り、顔を見て言う。

「のうお絹、どうやら北の兵力は、あきらめねばならぬようじゃ」

お絹は顔を向け、微笑んだ。

銭才は、鼻先で笑う。

「徳川も、やりおるではないか。お絹、そうは思わぬか」

お絹はうなずき、無表情で言う。

「倒す楽しみが、増したのではありませぬか」

「ふっふっふ、そのとおりじゃ。そちは、わしのことをよう分かっておる。のう肥前、そう思うであろう」

見えるほうの右目ではなく、白濁《はくだく》した左目で心中を探られたような気がした肥前は、お絹を見ぬようにして銭才に頭を下げた。

それを横目に見た近江が、銭才に言う。

「徳川もようやく、本気で動きだしたようです。我らも、本腰を入れて動くべきかと存じます」

「まあ焦ることはない。今は、徳川の動きを見ようではないか」

銭才はそう言うと、お絹を連れて奥の部屋に下がろうとして、思い出したように、肥前に言う。

「信平のことは、早ういたせ」

「はは」

応じて平伏する肥前を、銭才は右目を細めて見下ろしていたが、庭に顔を向けた。肥前も向ける。

三日月が浮かぶ紫紺の闇に、潜む気配がある。

立ち上がった肥前は、蠟燭《ろうそく》の明かりが届かぬ先を睨んだその刹那に走り、縁側を蹴って飛びながら抜刀し、幹竹割《からたけわ》りに打ち下ろして着地した。すぐさま一足跳びに下がり、さらに地面を蹴って縁側に飛びすさり、銭才を守って立つ。闇に向ける太刀の切っ先には、血がついている。

近江が、三倉内匠助《みくらたくみのすけ》の太刀を抜いて蠟燭を一閃《いっせん》した。そして、火が灯《とも》ったままの蠟燭を載せた太刀を庭に向ける。すると、紫紺の闇に染み込む色合いの装束をまとった曲者《くせもの》が明かりに浮かび、ふらついた足の運びで出てきたかと思うと、肥前に斬り割られた頭から血を流して突っ伏した。

その屍《しかばね》を踏み越えた無数の影が、抜刀して襲ってきた。

肥前が迫る一人を一刀で斬り伏せ、近江も肥前に劣らぬ太刀さばきで曲者の刃を弾き上げた刹那に喉を突き、抜きざまに身体を後方に転じて、別の曲者の胴を一閃した。

暗闇から飛んできた曲者が、肥前の頭を狙って刀を打ち下ろす。

右に転がってかわした肥前が、着地した曲者の脹脛《ふくらはぎ》を太刀で払い、背中から落ちた相手の胸にとどめの一撃を打ち下ろす。

銭才に迫るのは別の刺客。その行く手に近江が立ちはだかり、余裕の面持ちで刀を正眼に構えて言う。

「徳川の刺客がどれほどのものか、とくと見せてもらおう」

挑発するように手招きする近江に、二人の刺客は、気合をかけて斬りかかった。

直前まで動かなかった近江は、袈裟《けさ》懸《が》けに打ち下ろす一人目の刀をかわして胴を一閃し、その時に生じた隙を突いて右手側から斬りかかってきた刺客の一撃を弾き上げ、返す刀で額を割った。

声もなく突っ伏す刺客を見下ろした近江は、残る一人を生け捕りにせんと迫る。峰打ちに振るった太刀を、刺客は後転してかわし、追う近江から飛びすさって間合いを空けると、身軽に土塀を越えて逃げた。

肥前が銭才のそばに戻って声をかけた。

「お怪我《けが》はありませぬか」

銭才は顔をしかめ、倒れている刺客を見下ろして言う。

「ここを突き止めるとは、どういうことじゃ」

表が騒がしくなったのはその時だ。配下が来て告げる。

「徳川の手勢に囲まれました」

近江が押し返せと命じ、銭才に言う。

「今すぐ、館を替えられたほうがよいかと存じます」

銭才は騒がしい外を見て、近江に応じた。

「すぐに出る」

「はは」

銭才はお絹の手を引き、肥前を見た。

「そちは来ずともよい。すべきことをせよ」

「承知しました」

肥前は頭を下げ、抜け穴がある奥へ入る銭才とお絹を見送った。

近江が歩み寄り、薄笑いを浮かべて言う。

「銭才様は機嫌が悪うなられた。しくじらぬことだ」

「分かっている。銭才様は、どこに行かれるのだ」

「それは、いかにおぬしでも言えぬ」

「どういう意味だ」

「そう怒るな。まさかここを知られるとは思うていなかったのだ。知る者が少ないほうが、隠れ家というものであろう」

「ではどうやって、繋《つな》ぎを取れと言うのだ」

「わたしの館に知らせろ。銭才様には、わたしからお伝えする」

肥前は心中を探るべく顔を見たが、薄笑いを浮かべたままの近江は、人に腹を読ませぬ。

「どうした、知らねば都合が悪いか」

「そうではない。また襲われた時、おぬしだけでは不安だ」

「案ずるな、見つかりはしない」

厳しい眼差《まなざ》しの近江は、教えぬ構えだ。

口論をするつもりはない肥前は、黙ってその場から立ち去り、配下と共に徳川の手勢を蹴散らすべく、表へ急いだ。

片笑みつつ見ていた近江は縁側を離れ、銭才がいる奥の部屋へ向かった。

茅葺《かやぶ》きの門前では、銭才の配下たちと徳川方が斬り合っていた。

閉められていた門扉を開けさせた肥前は、三倉内匠助の太刀を抜き、猛然と出る。

向かってきたのは、防具を着けた捕り方が二人。

肥前は、突き出される刀を弾き上げると同時に胴を斬り抜け、二人目の捕り方の懐に飛び込んで足を斬る。

呻く捕り方を見もせず突き進む肥前は、押し寄せる捕り方を次々と斬り倒した。

劣勢だった配下たちは捕り方を押しはじめ、それを見た肥前は、陣笠《じんがさ》を着けて馬上で指揮を執っていた頭に目を付けた。斬りかかる捕り方たちを片手斬りにしながら進む。

気付いて馬を走らせ、馬上から刀を向ける頭の一撃をかわした肥前は、太刀を一閃した。

右足を切断された頭が、悲鳴をあげて落馬した。

肥前は走り、身軽に馬に飛び乗って手綱をつかむやいなや、止めようとする捕り方を蹴散らして馬を走らせた。

逃げる肥前を物陰から見ているのは、茂木大善だ。

銭才の配下と戦う捕り方に加勢をしない茂木は、侍ではなく町人の身なりをしている。

「あの者は確か……」

陸奥から江戸に戻る時、信平に声をかけた男だと気付いた茂木は、銭才はもうここにいないのだと見抜いて舌打ちし、その場から去った。

第二話　尊皇と本心

一

赤坂の町中を歩いていた葉山善衛門は、梅花の香りに誘われてあたりを見回した。商家と商家のあいだの板塀に、紅梅の枝が見える。

「梅が咲いても、まだ寒いですな」

背後からした声に振り向くと、五味正三が呑気そうな笑みを浮かべて軽く頭を下げた。

「なんじゃ、おぬしか」

「なんじゃはないでしょ御隠居。難しい顔をして、どちらにお出かけですか」

「新たに召し抱えようと思う者の家に行くところじゃ」

五味は眉根を上げた。加増された鷹司家は、領地運営のため石高に見合うだけの家来を召し抱えなければならず、善衛門が人捜しに奔走していることを知っていたからだ。

「やっと見つかりましたか」

善衛門は渋い顔をする。

「まだわしの目で見ておらぬからなんとも言えぬが、甥《おい》の正房《まさふさ》から、朝廷に明るい高《こう》家《け》、東《ひがし》畠《ばたけ》家の次男はどうかとすすめられ、殿の許しを得て向かっているところじゃ」

「ははあ、なるほど」

「東畠家の次男といえば、幼い頃より聡明《そうめい》な子として、わしも名を聞いたことがあるゆえ、まず間違いなかろう。おぬしは」

考える顔をしていた五味は、問われて顔を上げた。

「非番月の非番日なもんですから、信平殿のご尊顔を拝しにうかがおうとしていたところです」

おかめ顔をにやつかせて言う五味に、善衛門は鼻で笑った。

「目当てはお初だと顔に描いてあるぞ」

「あは、あはは」

「ふん、分かりやすい奴だ。たまには櫛《くし》のひとつでも渡したらどうだ」

「そうしたいところですが、何を好まれるかさっぱり分からんのです。そうだ、こっそり奥方様に相談してみよう」

「馬鹿者、身分をわきまえろ。店のおなごに、今何が流行《はや》っているか教えてもらえばよかろう」

「その手がありました。では明日にでも、探してみることにします」

「今日ではないのか」

「急がないと、昼を過ぎていますから」

「味噌汁《みそしる》か」

呆《あき》れて笑った善衛門は、早く行けと言って先を急ごうとしたが、五味が止めた。

「東畠の次男といえば、直義《なおよし》様のことです？」

「なんじゃ、おぬしは知っておるのか」

「ええ、今の今、思い出しました。奉行所でも、ここがいいと名前が挙がっていました」

頭を指で示して言う五味に、善衛門は満足する。

「そうか、それはよいことじゃ。では、後で会おう」

「はいはい。よい返事がいただけるといいですね」

「うむ」

五味と別れた善衛門は、町中を歩いて木挽町《こびきちょう》へ急いだ。

東畠家の家禄《かろく》は千八百石。高家の中では小さいほうだが、家格は高く、官位は従五《じゅご》位下《いげ》侍従だ。

門番に名前と要件を告げた善衛門は、用人の案内で客間に入った。

信平の屋敷より小さい母屋であるが、建具や装飾品などは高直《こうじき》な物ばかりで、あるじ君綱《きみつな》を頼る大名家からの贈り物が多いのがうかがえる。

それらを見た善衛門は、しまったと思った。

次男を家来に求める立場でありながら、手ぶらで来たからだ。

「五味に櫛を贈れと言うておる場合ではなかったわい」

舌打ちをしていると、廊下に足音が響き、あるじ君綱が来た。

用人が廊下に控え、上座にて善衛門と向き合って座した君綱は、ふくよかな顔に笑みを浮かべて、来訪を喜んだ。

「葉山殿、まことに鷹司様が、倅をお誘いくださるのですか」

あいさつを終えるなり、身を乗り出すようにして訊かれた善衛門は、居住まいを正した。

「是非ともお願いしたいところですが、その前に、ご本人と話をさせていただけませぬか」

君綱はばつが悪そうな顔をした。

善衛門は推し量る。

「こちらからお願いに上がりながら無礼を申しますが、噂《うわさ》どおりの御仁《ごじん》か、この目で確かめとうござる」

「それはごもっとも。ですが倅めは、あいにく留守をしておるのです」

「さようでございましたか」

善衛門はひとつ息をつき、君綱の顔を見て言う。

「では、日を改めまする」

「いや、お待ちを。将軍家の縁者に名を連ねる鷹司様からせっかくのお誘いです。今から家来に命じて呼び戻しに行かせましょう。あいにくわたしは役目があり、ごあいさつに上がれませぬが、夜までには必ず、倅を赤坂の御屋敷に行かせますから、どうか、よろしゅう頼みます」

平身低頭して願う君綱に、善衛門は気分よく応じて、辞去した。

君綱の人となりは、よく知っているつもりの善衛門だ。

勅使饗応役《きょうおう》の大名へ丁寧に指導し、信頼を得ていると聞いたことがあるうえに、評判どおり人当たりがよい。その息子がどのような若者か楽しみに、赤坂へ帰った。


直義が信平の屋敷を訪ねてきたのは、日暮れ時だった。

待ちわびていた善衛門に連れられて信平の前に来た直義は、高家の血を引くだけあり顔立ちがよく、見るからに聡明な表情をしている。

まだいた五味は、客間に入る直義を居間から覗《のぞ》き見て、共にいた佐吉とお初に言う。

「あの顔をどこかで見たことがあるが、思い出せない」

「あなたとは違って、どこにでもいそうな、平凡な顔だからでしょう」

お初が興味なさそうに言うものだから、五味は喜んだ。

「おれの顔が、そんなにいいですか」

「褒《ほ》めていない」

つっけんどんに言ったお初は、あからさまに鼻先で笑って、台所に戻った。

佐吉が笑ったが、めげぬ五味は、

「照れちゃって」

と言って笑い、お初が出してくれた赤かぶの甘酢漬けをひとつかじり、目を見張った。

「これ旨いな」

「若が送ってくださった物だ」

佐吉に教えられて、五味は感心した。

「京の漬物ですか。へえ」

改めて見なおし、口に入れた五味は、茶のおかわりをもらうと言って台所に行った。

客間では、信平にあいさつをすませた直義が、神妙な面持ちで善衛門の話を聞いていた。

俸禄《ほうろく》などを伝えた善衛門が、改めて言う。

「直義殿、以上だが、どうじゃ、よい返事をくれるか」

すると直義は、信平に平伏した。

「せっかくのお声がけではございますが、お断り申し上げます」

信平は、唇に笑みを浮かべた。

「さようか。それは残念じゃが、仕方のないこと」

あっさり引き下がる信平に、善衛門は困り顔をした。そして、直義に問う。

「断るわけを教えてくれ」

頭を上げた直義は、悲しそうな顔をして言う。

「わたしのような者を召し抱えられれば、鷹司様が笑い物になります」

「何ゆえ殿が笑い物になるのじゃ。おぬしは高家の息子だ。家柄は申し分ないが、笑われるようなことをしておるのか」

「いえ」

「では遠慮はいらぬ。お仕えいたせ」

「申しわけありませぬ」

ふたたび信平に頭を下げ、それからは、何を訊いても理由を言わなかった。

笑われる、というのは仕えたくない口実か、それとも他にわけがあるのか、信平にはうかがい知ることはできぬ。

「善衛門、無理強いはよさぬか」

信平が言うと、善衛門は渋々引き下がった。

信平は、まだ頭を下げている直義を見た。

「もうよいから、面を上げられよ」

「はは」

顔を上げた直義は、どこかほっとした様子。

「今日は、わざわざすまぬ」

「いえ。よいお返事ができず、まことに申しわけありませぬ」

直義はそう言って立ち上がり、信平に背中を見せぬように廊下へ下がると、鈴蔵《りんぞう》の案内に従って歩んでいった。

居間にいた五味は、帰る直義を見て廊下に足を運び、後ろ姿を目で追いながら佐吉に言う。

「家来になったのかな」

「断られた」

そう言ったのは、客間から出てきた善衛門だ。

五味が振り向き、眉間に皺を寄せる。

「どうしてです、もったいない」

善衛門は不機嫌な鼻息を洩らした。

「おぬしもそう思うか」

「思いますとも。許されるなら、おれが信平殿の家来になりたいほどですもの」

「おぬしの下心は見え見えじゃ。お初と同じ屋敷で暮らしたいだけであろう」

否定しない五味は笑った。

「腹が立つと喉が渇いた」

善衛門はそう言って、茶をもらいに台所へ向かった。

後から客間を出た信平に、五味が歩み寄る。

「信平殿、せっかくよさそうな若者を見つけたというのに、残念でしたね」

「縁がなかったのであろう」

信平は笑って言い、夕餉《ゆうげ》に誘った。

五味がいる夕餉はいつもよりにぎやかになり、松姫も楽しそうだ。話題は信政のことになった。

酒が入り、顔を赤らめている五味が、松姫に言う。

「若君も、十四歳になられましたね。おれが十四の頃は遊ぶことばかり考えていましたが、鞍馬山に籠もって修行の日々を重ねる若君は、立派な若者になられていましょう」

松姫は箸《はし》を置き、五味を見た。

「だとよいのですが。あの子は優しすぎるところがありますから、旦那様のようにはいかぬかもしれませぬ」

「何をおっしゃいます。若君ならばきっと、立派になられていますとも。ねえ信平殿」

「そうであればよいが」

信平は松姫と顔を見合わせ、互いに笑みを浮かべた。

善衛門が言う。

「若君のことは、何も心配はいりませぬ。幼き頃よりお相手をしたそれがしが言うのですから間違いありませぬぞ。江戸に戻られる日が楽しみです」

賛同した五味が問う。

「信平殿、若君をいつ江戸に戻されるのです?」

「師匠の許しが出るまでは、帰さぬつもりじゃ」

「銭才が京にいるというのに、心配ではないのですか」

これには信平ではなく松姫が答えた。

「五味殿、信政のことを案じてくださり、かたじけのうございます」

かしこまって頭を下げる松姫に、五味は慌てて居住まいを正した。

「いえ、とんでもない」

松姫は微笑んだ。

「信政は先日の文に、鞍馬山は静かで、毎日修行に励んでいると書いていました。また道謙様も、京の喧噪《けんそう》とは無縁の場所ゆえ案ずるなとおっしゃっていますので、今は安心しています」

「そうでしたか。よかった、おれも安心しました」

「それより五味殿、信政が漬けたかぶを喜んでいただけたとか」

「ええ!」

五味は下顎《したあご》を突き出して目を見張り、空になっている皿と松姫を順に見て言う。

「てっきり京の漬物屋で求められたのだと思っていましたが、若君が漬けた物でしたか」

松姫は笑ってうなずいた。

五味は感心した。

「ははあ、驚きました。道謙師匠は、漬物までご指南されるとは」

目を白黒させる五味の顔が滑稽《こっけい》すぎて、松姫は愉快そうに笑った。

信平が言う。

「師匠ではなく、山の麓《ふもと》に暮らす者に、信政が頼み込んで習ったようだ。師匠がかぶの味を好まれ、毎日でも食したいとおっしゃったらしく、信政は漬けてみようと思ったと書いてよこした」

松姫が言う。

「うまくできたので皆にも食べてほしいと言うて、送ってきたのです」

五味は目頭をつまんだ。

「だめだ。かぶを漬けられているお姿を想像すると、無性に若君と会いとうなりました。抱きしめたい」

松姫も涙ぐんだが、すぐに微笑んだ。

二

数日後に登城した信平は、本丸御殿の廊下を歩いていた時に、君綱から声をかけられた。

あいさつをする信平に対し、不快そうに返した君綱は、一歩近づき、目を見据えて言う。

「わたしの息子の、どこがお気に召されぬのですか」

断ったのは直義のほうだと返そうとするも、君綱は鼻先で笑った。

「まあよろしい。倅には、他からも声をかけられております。せいぜい、よい家来を見つけられることです」

嫌味を残して、別れのあいさつもなく信平の前から去った。

何も言えなかった信平は、困った顔のまま苦笑いを浮かべて見送った。ふと眼差しを転じれば、立ち止まってこちらを見ていた旗本たちが顔をそらし、何ごともなかったようにゆく。

信平は、ひとつため息を洩らした。

拒んだ直義が、断られたと言って帰ったのだろうと思い、このままそっとしておくことにして歩みを進める。控えの間で待っていた善衛門には君綱のことを言わずに本丸御殿からくだり、途中で別れ、一人で本理院の屋敷へ向かった。

この日は松姫も見舞いに来ることになっており、廊下を歩いていると、寝所から笑い声が聞こえてきた。先に来ていた松姫が、本理院と談笑していたのだ。

廊下に片膝をついた信平は、あいさつをして顔を上げた。

招く本理院の顔色がよいので安堵した信平は、松姫の横に座した。

「楽しげな笑い声が聞こえましたが、なんのお話をされていたのですか」

すると本理院は、松姫と目配せをするような顔で笑みを浮かべて言う。

「そなたと松殿が初々《ういうい》しかった頃のことを懐かしんでいたのです。松殿と話をしていると、わたくしの屋敷で二人が会うた時のことを、昨日のことのように思い出します」

松姫が信平に言う。

「わたくしが、ずいぶんおてんばだったと」

「おてんば……」

「ほっほっほ。よい意味で、そう申しました。松殿がそなたに会うために屋敷を抜け出さなければ、呑気だったそなたのことですから、共に暮らせるようになるのはいつになっていたことやら」

信平は困り顔で後ろ首をなでた。

「確かに、本理院様のおっしゃるとおりです」

すると本理院が、いたずらっぽい笑みを浮かべた。

「そうでしょう。当時は善衛門殿と、じれったく思ったものです。ですがあの頃は、楽しかった」

「本理院様には、返し切れぬほどの大恩がございます」

神妙に言う信平に、本理院は微笑んで首を横に振る。

「親子ほど歳が離れたそなたと松殿の行く末を案じることは、子がいないわたくしにとって、何よりの楽しみでもあったのです。わたくしのほうこそ、礼を言わせてください。そなたたちのおかげで、よい人生を送れました。後はお迎えを待つばかりです」

満足そうに言う本理院に、松姫は膝を進めた。

「何をおっしゃいます。まだまだ長生きしてくださいませ」

本理院は松姫の手を取り、慈愛に満ちた面持ちで言う。

「歳には勝てませぬ。そなたたちはまだまだ若いのですから、わたくしの歳になるまで息災で、夫婦仲良く。信政殿の成長も、我が孫のように楽しみにしています」

信平は、幕府と朝廷の思惑で子を成せなかった本理院の寂しさを想い、胸を痛めた。

咳《せき》をする本理院の背中をさする松姫は、案じて言う。

「しっかり養生をなされて、一日も早くご本復ください」

胸に手を当てる本理院に、松姫は横になるよう促した。だが本理院は笑顔で拒み、信平に顔を向けて言う。

「そなたに、言うておかなくてはならぬことがあります」

信平は居住まいを正した。

本理院が望む湯飲みを、松姫が渡す。

一口飲んだ本理院は、ありがとうと言って渡し、信平を見た。

「領地を受け継いでもろうたのは、わたくしがいたらなかったせいで、救えなかった村人のことを想うからこそです。その村はもうありませぬが、二度と同じことがなきよう、今いる役人の数を減らさぬよう頼みます」

思わぬことに、信平は驚いた。

松姫も驚いたらしく、戸惑ったような顔をして本理院を見ている。

信平は、よからぬことを想像しつつ問う。

「村で、何があったのですか」

「口では言えぬほどのことがありました」

本理院は、松姫に手箱を取ってくれと願った。

応じた松姫が、葵《あおい》の御紋ではなく、朱塗りに白色の鷹司牡丹《ぼたん》の家紋が入った箱を本理院に差し出した。

開けて一冊の書物を出した本理院が、寂しそうとも、辛そうとも取れる面持ちで長い息を吐いて見つめ、信平に渡した。

表には、牡丹村の末期、と記されている。

本理院が言う。

「辛い出来事があったのは、今から十年も前のことです。当時京の鷹司家にも米を送っていた村が盗賊一味に襲われ、収穫したばかりの米を奪われただけでなく、ほとんどの村人が、命を奪われたのです。子細《しさい》はそれを見れば分かりますが、わたくしはそれ以来、代官所のみならず、各村にも役人を増やして有事に備えています。それゆえ、領地にかかる費用が多い。ですが信平、この先も領民が安寧《あんねい》に暮らせるためにも、役人の数は、今のままにしておいてほしい」

信平は快諾した。

「本理院様の想い、しかと胸に刻みます。公儀の許しをもらい、一度領内を見て回ることといたしましょう。抜かりなく領民を守りますから、ご安心ください」

「そなたを信じて疑いませぬ。どうか、よしなに」

「はは」

「今日は、楽しかった。松殿、またいつでもおいでなさい。そなたと話していると、生きる力をもろうたように気分がよい」

明るい面持ちで言われた松姫は、満面の笑みで応じた。

またの約束をして辞去した信平は、松姫の駕籠に寄り添って赤坂の屋敷に戻った。

そして、一人で自室に籠もった信平は、本理院から託された書を開いた。

そこに書かれていたのは、牡丹村に降りかかった悲惨な事件だった。

村長以下、総勢百五十八名の村人の内訳は、男が七十人、女が八十八人。命を落としたのは実に九割にのぼり、生き残った者たちの行方も、ほとんど分かっていなかった。

この書は、重傷を負いながらも生き延びた者から話を聞いて記された物で、襲った賊の一味が村人にしたことは、本理院が言葉にしなかったのが理解できるほど残虐だった。

読み進めた信平は、本理院の自筆で記された言葉に眉をひそめた。

幼い子供までも命を奪った盗賊一味が、未《いま》だ捕らえられていないと記されていたからだ。その日付は、昨日だった。

本理院は病床に臥しながらも、領民の命を奪った賊のことを探し、警戒し続けているのだと分かった信平は、二度と同じことがあってはならぬと気を引き締めた。

「領地見廻《みまわ》りを、早めねば」

そう独りごちた信平は、閉じた書物をまじまじと見つめた。

三

同じ時刻、五味は配下の同心山上慎太郎《やまうえしんたろう》と、招かれていた谷中《やなか》の商家から帰っていた。

振る舞われた祝い酒でほろ酔い気分の五味は、家族と奉公人たちの仲がよく、明るい商家について談笑をしながら歩いていた。

ふとした様子で山上が止まり、朽ちて崩れた土塀の中を指差した。

「五味様、こちらが近道です」

赤ら顔の五味は、唇をすぼめて土塀の中を見た。

「寺か。住職はずいぶん怠け者のようだな」

「住職は二年前に亡くなって、今は誰もいないのですよ」

「二年前にしては、荒れているな」

「元々檀家《だんか》が少なかったせいで、この土塀は前から崩れたままになっていました」

「ふうん。では、遠慮なく通らせてもらおう」

塀を跨《また》いで中に入り、枯れすすきが多い境内を歩いていた五味は、元宿坊の廊下を歩く五人の若侍を見かけた。そして、一番後ろにいる侍の顔を見た五味は、眉根を寄せた。信平の屋敷で見た、東畠直義だったからだ。

こんなところで何をしているのだろうと思っていると、後ろに続いていた山上が腕をつかんできた。

「隠れて」

そう言う山上に腕を引かれるまま、枯れすすきに身を隠した。

「なんだいきなり」

「しぃ」

口を制した山上は、中腰になって宿坊をうかがいながら言う。

「あの連中、覚えていませんか。いつだったか、町中で大名の家臣と大喧嘩をしていたのを止めたことがあります」

そう言われて、五味は直義についてもやもやしていた気持ちがすっきりした。

「どこかで見たことがあると思っていたが、やっと思い出した。確かにあの時の若者だ」

「先頭のあの背が高い男は素行が悪く、大喧嘩のきっかけを作った張本人です。探りますか」

「探ったところで、旗本には手が出せないだろう」

「それはそうですが、こんなところに集まるのは、何か悪い相談でもしているんじゃないでしょうか」

町の者たちを守ることに熱心な山上らしいと思う五味は、肩をつかんで身を低くさせた。

「お前さんの言うとおりかもな。よし、おれが探りを入れてみる」

そう言った五味は、信平の屋敷にいた直義が気になっているのだ。

「わたしも行きます」

「いいから、ここにいろ」

悪事なら目付役に知らせるつもりの五味は、一人で宿坊に忍び込んだ。

板戸を閉められている薄暗い部屋をいくつか経て、旗本の息子たちがいる場所の隣で息を殺した。しばし沈黙が続いていたが、男たちの声がしはじめた。

五味は襖《ふすま》に身を寄せ、耳を澄ませる。

「それがしは、江戸を出る覚悟ができました」

「それがしも、出奔《しゅっぽん》します」

「右に同じく、一旗揚げて、親兄弟を見返してやります」

各々《おのおの》が発するのは、家を捨て、どこかで一旗揚げる覚悟ばかり。そして、家のことを罵《ののし》る言葉が続いた。

「もう我慢ならぬ」

「さよう。同じ家に生まれながら、嫡男ではないというだけで扱いが違うのは許せぬ」

「おれは昨日、縁談が断られた。そうしたら父がなんと言ったと思う。おのれはなんの役にも立たぬから、寺にでも入れとこうだ。あれで吹っ切れた。もうなんの未練もない」

五人は皆、嫡男ではないというだけで親兄弟から蔑《さげす》まれ、鬱屈《うっくつ》している者ばかり。それぞれが家に対する不満をぶつけた後、女の声がした。

五味は驚き、襖の隙間から覗いた。すると、正座して並ぶ五人の前に、一人の女が座して向き合っていた。

青を基調とした派手な色合いの着物を着ている女を見て、

(お初殿にはとうてい及ばぬな)

などと胸のうちでつぶやき、何を言っているのか耳に集中した。

女が言う。

「共に京へのぼり、この世のあるべき姿を追い求めましょう。子々孫々まで語り継がれる大物になり、家の者を見返してやるのです。あなた方には、それができると信じています」

(調子がいいことを言ってやがるな)

また胸のうちで言い、破れて光が漏れている襖の穴に、右目を近づけた。

外廊下を背にして並ぶ若者たちは、真剣そのもの。特に東畠直義は、目を輝かせて聴き入っている。

熱心な直義と目を合わせて笑みを浮かべた女は、他の四人を順に見て言う。

「前にも言いましたが、京に行く路銀と、公卿《くぎょう》に口利きをするための金子《きんす》が、一人あたり五十両はいります。江戸を発つ十日後に、用意できますか」

直義は真っ先にできると言い、他の者も続く。

京と公卿という言葉に、五味は息を凝らしていた。

女は、旗本の子息を江戸から連れ出し、銭才の配下にしようとしているのではないか。

陸奥藩と福島藩のことを知っている五味は、なりふり構わず兵を集めているに違いないと考えた。

急いで信平殿に知らせねば。

そう思いついた五味は、外へ出ようとした。

女の声がしたのはその時だ。

「誰かいる」

「何！」

慌てた五人の侍が、襖を開けた。

八畳間に五味の姿はなく、一匹の茶虎の野良猫がいた。猫は逃げることなく、身を低くして侍たちを見て鳴いた。

猫を抱き上げた若者は、直義だ。

「ほら、行け」

廊下に出た直義が下ろしてやると、猫は境内を歩いてどこかに行った。

この時五味は、反対側の部屋で十手《じって》をにぎり、息を詰めていた。何ごともなかったように密談に戻る様子に、ほっとして目をつむる。

女が言う。

「では十日後に、ここで落ち合いましょう。くれぐれも、他言されませぬように」

五人の侍は口々に承知し、帰っていった。

五味は、部屋から出た女の後ろ姿を板戸の隙間から目で追った。そして、隠れていた山上と共に、土塀の割れ目から出ていく女の跡をつけた。

だが、谷中の商家が並ぶ通りに入った女を追い、商家の角を曲がった途端に、姿が消えていた。

「しまった」

おれとしたことが、と吐き捨てて顔を歪めた五味は、それでもあきらめず山上と手分けをして裏路地や長屋を捜し回った。

女は、五味の存在に気付いていなかったものの、五人の侍に跡をつけられるのを用心していた。

表通りから細い路地に入り、いくつか角を曲がって長屋の木戸を入った。路地で立ち話をしていた住人の女たちに怪しまれぬよう愛想笑いをしながら奥へ行き、別の路地へ出ていく。そして、すぐ近くの町家に入った。

酒を飲みながら待っていたのは、浪人風の男が三人。

その中の一人、三十代の男が、戻った女に狡猾《こうかつ》そうな顔を向けた。

「おえん、首尾は」

「うまくいきましたよ」

おえんは得意顔になってそう言うと、部屋に入り男のそばに寄り添う。男の手から湯飲みを取って流し目で微笑むと、水を飲むように酒を流し込んだ。

「ああ、美味《おい》しい」

男は、仲間の二人に言う。

「これで、大金が集まる」

「おう。我らの望みが叶《かな》うぞ」

顎の骨が張った無骨そうな男が言うと、頬がこけて目つきが鋭い男がうなずく。

「また上方《かみがた》に行けると思うと、今から楽しみだ。江戸は風情《ふぜい》がないからな」

「よし、前祝いだ」

おえんに酌《しゃく》をさせた男が、仲間と湯飲みを掲げ合い、一息に流し込んだ。

四

城から戻った翌朝、食事を終えて自室にいた信平のもとに善衛門が来た。

「殿、茂木殿から文が届きました」

銭才の一件から離れていたものの気にとめていた信平は、すぐに目を通した。

「なんと書かれています」

善衛門も気になるらしく、急《せ》かされた信平は顔を上げた。

「所司代《しょしだい》は銭才を捕らえようとしたが、逃げられたそうだ。囲んだ館の中には、所司代に先んじて攻め入った者たちの骸があったとある」

善衛門は渋い顔をした。

「そのせいで逃がしたのかもしれませぬ。誰の配下でしょうか」

「身なりから、刺客ではないかと記されている」

「では……」

問う顔で目を合わせる善衛門に、信平はうなずいた。

「おそらく赤蝮だ」

「森殿とは昨日会いましたが、何もおっしゃいませなんだ」

「密かに動いておられるゆえ、上様にも報告は上がっていないはずじゃ」

信平はふたたび文に向き、続きを読んだ。

所司代の手勢を押しのけて逃げた者の中に、肥前がいたと記されていた。そして、所司代屋敷に銭才の居場所を知らせる匿名の投げ文があったとも。

読み終えた文を善衛門に渡した信平は、肥前が知らせたのだろうかと思ったが、その考えはすぐに消した。

善衛門が言う。

「この匿名の文をよこしたのは、何者でしょうか」

「これは憶測にすぎぬが、井田家江戸留守居役のように、銭才の一味に、森殿の配下が紛れているのやもしれぬ」

「なるほど。その留守居役ですが、井田家の断絶が決まったと同時に、姿を消したそうです」

「おそらく、森家の領地に戻されたのだろう」

「いずれまた、どこぞの藩に密偵として入り込むのでしょうか」

「うむ。森殿の家来だと知らぬ大名には、井田家の元留守居役として召し抱える者がいるだろう。森殿が、次は誰に目を向けているかだが」

「目を付けられた側に立ってみますと、恐ろしい話ですな」

善衛門はそう言っておいて、信平の監視役だった過去を思い出したらしく、

「いや、それがしが言うのもなんですが」

と、信平が気にもしていないのに自分から言い、笑って誤魔化《ごまか》した。

「善衛門は、麿のために励んでくれた。そのことは感謝している」

「殿にそうおっしゃっていただけると、これからの励みになりまする」

嬉しそうな善衛門に、信平は言う。

「よしなに頼む」

「はは」

外障子に大柄の影が映ったのはその時だった。

「殿、五味殿が来られ、銭才の手下らしき者を見たそうです」

それが事実なら危ないことだと思った信平は、善衛門と居間に急いだ。

待っていた五味は、疲れた顔をしていた。

話を聞けば、かの東畠直義が江戸から出奔しようとしているという。

誘っていた女の行方を朝まで捜し回っていた五味は、見つけられないことを悔しがった。

信平は、台所から来て話を聞いていたお初に顔を向け、うなずいて見せる。

応じたお初は一旦下がり、五味のために朝餉《あさげ》を調えて持ってきた。

味噌汁と菜の花の白和《しらあ》え、そして塩むすびが三つ。

「ありがたい」

居住まいを正して箸を取った五味は、いつものように味噌汁から口に運び、幸せそうな顔を天井に向けた。

一息つくのを待っていた善衛門が問う。

「若いおなごと申したが、猿は連れていなかったか」

善衛門は、銭才と共にいる猿姫を疑っている。

京での話を知っている五味は、おかめ顔を横に振った。

「猿はいませんし、若いと言いましても、話に聞いていたほど若い娘ではなく、どちらかと言うと、一人や二人子がいてもよい年頃です」

善衛門が信平に言う。

「まさか、銭才はその女を江戸に潜伏させ、旗本の子息をたぶらかしているのでしょうか」

そうとしか思えぬ信平は、うなずいて言う。

「陸奥をはじめ、何万という北の兵力を失った穴埋めに、冷遇されている旗本の息子に目を付けたのかもしれぬ」

善衛門が渋い顔をする。

「なりふり構わず、ですか。それがまことであれば、相当焦っておるようですな」

「五味が見たおなごが、銭才の手の者であればの話だが」

すると善衛門が五味に問うた。

「おぬしは、はっきり銭才の誘いだと聞いたのか」

「いいえ、銭才の名は出ていません。ですが、京で一旗揚げて親兄弟を見返すといえば、それしかないかと思いまして」

善衛門は腕組みをして考え、信平に顔を向ける。

「殿、どう思われますか」

「出奔するのは、徳川を捨てるということであろうか」

「はっきりとは言い切れませぬが、この場合は、おそらくそうかと」

信平は言う。

「家を継ぐことができぬ者が鬱屈した心情を晴らすために動くなら、五味が申すとおり、銭才がそういう者に目を付け、裏で糸を引いていると疑《うたご》うたほうがよいだろう」

五味が立ち上がった。

「ではこれより町に戻り、女を捜し出しましょう」

行こうとする五味を、信平は止めた。

「おなごを捜すより確かなことがある」

五味は座りなおして身を乗り出した。

「何をするのです？」

信平は、五味の後ろに座っているお初を見た。

「鈴蔵《りんぞう》と共に、東畠直義殿を探ってくれ」

「承知しました」

お初は立ち上がって去り、廊下に控えていた鈴蔵も、信平に頭を下げて出かけていった。

振り向いてお初を見ていた五味が、信平に言う。

「おれにも手伝わせてください」

「銭才は強敵だ。町奉行所の配下に死者が出ては、そなたが苦しむことになる」

善衛門が続く。

「さよう、ここは堪えて引け」

五味は分かったと返事をしたが、落ち着きがない。

信平が問う。

「お初が心配か」

「いえいえ、お初殿は大丈夫です。何もできないのが悔しいのですよ」

「気持ちは分かるが、一人では動かないでくれ」

案じる信平に、五味は仕方なさそうにうなずいた。

「では、帰って寝るとしますかな」

「知らせてくれてよかった、礼を言う」

「何をおっしゃいますやら」

五味は笑って応じ、また来ますと言って帰った。

目で追っていた善衛門が、心配そうに言う。

「まことに、大人しゅうしておればよいですな」

「五味のことゆえ、聞いてくれよう」

友を信じる信平は、五味よりも、お初たちのことを案じた。

五

町から戻った直義は、表門を素通りして裏に回り、木戸を開けて入った。

裏庭の掃除をしていた中年の下男が気付いたものの、軽く頭を下げるのみで、声をかけて迎えもせず仕事に戻った。

その背中を一瞥する直義の眼差しには、なんの感情もない。

手入れが行き届いた庭を歩み、母屋の裏向きを横目に向かったのは離れだ。

日当たりが悪い部屋は薄暗く、戸を閉め切ったところに帰るとかび臭さがある。

刀を置き、外障子を開けた直義は、北の空を見上げた。

三寒四温《さんかんしおん》が続くこの季節、昨日までの暖かさが嘘のように冷え込み、雪を降らせるような雲が流れている。

土塀と離れのあいだにある土地は、庭と言うには小さすぎるものの、想い人がくれた水仙が、今年もたくさん蕾《つぼみ》を作っている。

次男というだけで、父親と兄だけでなく、家来からも軽んじられて辛い思いをしながら生きている直義の、唯一の慰めになっているのが、この水仙をくれた人。

今年は花を見られぬが、希望に胸を膨らませている直義は、雪駄《せった》をつっかけて庭に下り、水仙の回りに目を走らせる。すると、葉の中に赤い物を見つけて手を伸ばした。

小石に赤い紐《ひも》が結ばれているだけの物だが、その意味を知る直義は、隣の敷地を隔てる土塀に、この上なく嬉しそうな顔を向けた。

「直義様、お戻りでございますか」

表からした用人の声に返事をした直義は、紐を取った石を捨て、座敷に上がって正座した。

表側の外障子を開けた用人が、探るような目を向ける。

「今、袂《たもと》に何を隠されました」

赤い紐を入れたのを見逃さぬ用人は、兄の君貴《きみたか》に接する態度とはまったく違い、そら冷たい。

これは、用人が君貴を慕っているというより、そうせねば、弟を目の敵にする君貴が辛く当たるからにほかならない。

己の保身を考えるのが、人というもの。

そう自分に言い聞かせて生きてきた直義は、いつものように明るい笑みを浮かべて、赤い紐を出して見せた。

「これのことか」

用人は目を細める。

「何でございます」

「表の道に落ちていた。どこかの飼い猫の首輪ではないかと思い拾ったが、これを着けた猫を見たことはないか」

そう誤魔化す直義に、用人は冷めた面持ちで言う。

「そんな物に気を止めている場合ですか。殿がお呼びでございます」

直義は表情を引き締めて見せ、紐を置いて立ち上がった。

用人と共に母屋に渡り、奥向きの廊下を歩いている時、幼い妹を連れて部屋から出てきた母親と会った。

長男を可愛《かわい》がり、次男は乳母《うば》にまかせきりだったせいか、母は直義に優しい顔をしたことがない。今も睨むような眼差しを向けて近づき、厳しい口調で言う。

「どこに出かけていたのか知りませぬが、家名に傷をつけることはしていないでしょうね」

「していません」

外から戻った時は、いつも同じことを言う。

ならばよい、と言う母は、町で暮らす乳母に会いに行ったと思っているのか、目を合わせようともせず、幼くして大名家との縁組みが決まった妹を遠ざけるようにしてすれ違った。後に続く侍女たちも、母にならって冷たい態度をとる。

ひとつ息を洩らした直義は、前を向いて父が待つ部屋に行く。すると、兄がいた。

直義は廊下に片膝をついた。

「父上、お呼びでございますか」

「うむ。入ってそこへ座れ」

己の前を示す君綱に応じて正座すると、直義の右手側で襖を背にして座している君貴が睨んだ。

「父上から聞いたぞ。鷹司家から断られたそうだな」

直義は前を向いたまま目を下げた。

「はい」

君貴が指差す。

「そのほうが使えぬ奴だと見抜かれたからだ。家の恥さらしめが」

「面目次第もありませぬ」

素直にあやまる直義を許さぬ君貴は、さらに罵った後で君綱に膝を転じて向き、両手をついた。

「父上、この者はどこに拾われようが、どうせ役に立ちませぬ。家名を傷つけるだけですから、いっそのこと刀を取り上げ、出家させたほうがよろしいかと存じます」

怒りをぶつけるように言う君貴だが、君綱は目をつむり黙って聞いていた。程なく目を開け、直義を見てきた。

「ひとつ訊くが、先方に断られるように仕向けたのか」

「いえ」

「そうか。正直わしは、鷹司様は召し抱えてくださると疑わなかった。そちが文武に優れていることは、この君貴も認めておるゆえな」

「父上、わたしがいつそのようなことを……」

君綱はじろりと目を向けた。

「君貴」

「はは」

「そちが出家をすすめるのは、一日も早う、直義をこの家から追い出したいだけであろう。直義が持つ才がそちに劣らぬことは、自分がよう知っておるはずじゃ。出家などせぬとも、召し抱えてくれる家はある」

他家へ養子に出すと言わぬのは、文武に優れた直義がその家の家督を継いだ時、東畠家を継ぐ君貴とくらべられるからだ。

陪臣《ばいしん》ならば、いくら優れていようが君貴の目障りにはならぬ。

優しい親のせいで、兄弟で家督を争ったことを決して忘れぬ君綱は、同じ辛い思いを嫡男にさせぬために、徹底して育ててきた。

生まれたばかりの次男を母親から離して乳母に養育させたのも、母の情を薄れさせ、すべて君貴に注がせるため。学問と剣術も君貴を優先し、今でも直義は二の次三の次。

よかれと思い、家来たちにも徹底させたのであるが、辛く当たられる直義のこころに暗い影を落としているとは、考えもしないのだ。

刀を捨てることをすすめられる侮辱に、直義は反論せずに耐えた。

否定せぬことを父がどう思うかなど、今の直義にとってはどうでもいいこと。あくびを噛《か》み殺しながら、解放されるのを待っていると、君貴が怒鳴った。

「人の話を聞いておるのか」

「兄上、そう大きな声を出されずとも、聞いていますとも」

「では、出家を進めてもよいのだな」

「父上がお決めになられることに異存はありませぬ」

君貴は唇に狡猾そうな笑みを浮かべ、君綱に進言する。

「では父上、お進めください。菩提寺《ぼだいじ》ではなく、この際思い切って高野山《こうやさん》に行かせるほうが、この者にとってはよいかと存じます」

君貴は、なんとしても直義を遠ざけたいのだと察した君綱は、腕組みをして悩んだ。

すぐに返答をせぬ父に、君貴が詰め寄る。

「父上、何を迷っておられます」

「そう急かすな」

「いいえ、こういうことは早いほうがよろしゅうございます。この場でお決めくださ い」

ため息をついた君綱は、直義を見た。

「そなたはどう思うておるのだ。本音を言うてみよ」

腹に秘めたものがある直義は、穏やかに言う。

「兄上のお考えに従います」

君綱は、まじまじと直義の顔を見た。

「出家をすると申すか」

「はい」

「そちはまことに、それでよいのか」

直義は笑みさえ浮かべて、うなずいて見せた。

君綱はまた、ため息をつく。

「そちがそう申すなら、高野山へ行けるよう手づるを当たってみよう。まことによいのだな」

重ねて問う君綱に、直義は真顔で答える。

「お願い申します」

「分かった。下がってよい」

直義は頭を下げて部屋から出ると、目を伏せたまま離れに戻った。

それから半日、誰も声をかける者はいない。

珍しく夕餉に誘われたが、意地の悪い兄の顔を見たくもなく、また能面のような顔しか見せぬ母の機嫌を取るのもおっくうで、離れに食事を運ばせた。

仏頂面の下女が置いていった食事は、放置されていたのか、それとも余り物なのか、味噌汁とご飯はすっかり冷たくなり、おかずはつまみ食いをした痕跡があった。

いつものことに腹も立たぬ直義は、一人で食事をすませ、夜が更けるのを待った。

暗い自分の部屋で、母屋の明かりが消えるのを待っていた直義は、そっと裏の障子を開けた。

縁側の下に置いている梯子《はしご》を引き出し、土塀に立てかけて上がり、隣の様子をうかがう。

月明かりに浮かぶ隣の母屋は、直義がいるほうが表側になる。

家禄千五百石の屋敷は庭もそれなりに広く、築山の向こうにある枯山水《かれさんすい》の白砂利が、月明かりで明るく浮いて見える。

人気がないことを確かめた直義は、梯子を持ち上げて隣側に下ろし、築山に身を潜めた。

待つこと程なく、築山に人の足音がして、植木の枝をかわして人影が来た。

枝のあいだから差し込む月明かりに映えた色白の手に、直義は顔をほころばせ、手を差し伸べて引き寄せた。

腕に抱くと、いつも使っている鬢付《びんつ》け油の、いい香りがする。

「澄代《すみよ》、会いたかった」

「わたしも」

か細い声で喜びを露にする幼馴染《おさななじ》みと見つめ合った直義は、唇を重ねた。

ふたたびきつく抱き合い、直義は耳元でささやく。

「先口話したことが、はっきり決まった。ほんとうに、一緒に来てくれるか」

「初めからそのつもりです。直義様と夫婦になれるなら、どこにでも行きます」

「親不孝をさせることになる」

「構いませぬ」

抱きつく腕に力を増す澄代に、直義は安堵した。

澄代はもうすぐ、君貴に嫁ぐことが決まっている。

親同士の話し合いで決まったのは去年の夏だ。そうと知った澄代は気を落とし、しばらく直義と会ってくれなかった。

直義が家族から疎まれていることを知らなかった澄代は、夫婦になれるものと信じていただけに、君貴との縁談に驚き、直義の気持ちは自分に向いていないと思ったのだ。

その落ち込みようは、顔を合わせた君貴にも伝わるほどで、勘がよい君貴は、澄代が自分ではなく、直義を好いていることに気付いた。

それゆえ君貴は、前にも増して直義を邪魔に思い、一日も早く家から出すことを願っていた。鷹司家の話がきて、やっと追い出せると考えていただろう。うまくいかなかったことで焦り、出家話まで持ち出したのを考えると、家を出る時に気付かれてはならぬ。

そのことを打ち明けると、澄代は真顔でうなずいた。

直義は、澄代のか細い両肩に手を添えて言う。

「家を出る日が待ち遠しい」

「前におっしゃっていた五十両のことですが、わたくしも手伝えればと思い持ってきました」

胸元から紙の包みを出した澄代の手をつかんだ直義は、微笑んだ。

「いらぬ心配をさせてしまったな。案ずるな、考えがある」

紙の包みを澄代の手ににぎらせた直義は、家を出る時の手筈《てはず》を告げた。

「できるか」

「はい」

「よし。では、怪しまれぬために、その時まで会うのは我慢だ」

直義がそう言うと、澄代は抱きついてきた。

「心配するな。必ずうまくいく」

「そうではないのです。明日から会えないと思うと寂しくて」

「しばらくの辛抱だ」

直義と澄代は抱き合い、何があっても夫婦になることを約束した。

この時二人は、庭に潜む影があることにまったく気付いていなかった。

夜の闇に同化する色合いの装束を身に着けて耳を澄ませているのは、お初だ。

やがて、二人がそれぞれの家に戻った。

庭を戻る澄代は、お初の目の前を歩みながらも、まったく気付くことなく去っていく。

直義が梯子を上げるのを見届けたお初は、別の場所の土塀を越えて道に下り立ち、振り向いた。

将来を固く誓い合う二人の熱い抱擁を見たばかりのお初は、ふう、と、ひとつ息を洩らした。そして、今になって火照《ほて》った顔を手で扇《あお》ぐと、信平に知らせるべく、赤坂に向けて夜道を走り去った。


いっぽう鈴蔵は、五味が話していた谷中の寺に潜んでいた。

五味は荒れ寺と言っていたが、一部が崩れた土塀と枯れすすきだらけの境内がそう見せるのみで、本堂と宿坊は、いつでも使える状態だ。

鈴蔵から見れば、もったいない限り。

どうして廃寺になったのか知る由もないが、悪事を働く者はこういう場所を好む。

だが、宿坊の一室で一晩過ごしたものの、それらしい女は現れなかった。

空腹を覚えた鈴蔵は、お初はどうだったか気にしつつ、焼き米をかじった。

廊下の床板がきしむ音がしたのは、竹筒の水を含んだ時だ。

そっと立ち上がり、板戸の隙間から外を見ると、紋付き袴姿の若い侍が一人、不安そうにあたりを見ながら歩いている。そして板戸を開けて中を確かめた後、縁側に腰かけた。

人を待っているように思える。

鈴蔵は片膝をついて、監視を続けた。すると程なく、同じ年頃の侍がもう一人現れ、縁側にいる侍に歩み寄って会釈をした。

二人は何か語ったが、鈴蔵の耳には届かぬ。

すぐに黙り込み、神妙な面持ちで座っている。

そして間もなくもう一人の若侍が現れ、二人に駆け寄った。

「お二方も、ここに来るように言われましたか」

安心したように大声で言う侍に、先に来ていた二人は笑顔でうなずいた。

ここで鈴蔵は部屋の奥へ下がり、あらかじめ天井板を開けていた穴をめがけて身軽に飛び上がり、鴨居《かもい》を足場にしてもうひとっ飛びして中に入ると、板を元に戻した。

三人の侍が待っていると、境内を歩んで一人の女が現れた。おえんだ。

見知った女に安堵と希望の笑みを浮かべた三人は、揃って頭を下げる。

「お待たせいたしました。詳しい話をしますから、中にお入りください」

自分の家のように言うおえんに従い、三人は部屋に入った。

紙が破れていない障子を閉めたおえんは、居並ぶ三人に座るよう促し、向き合って正座した。

天井裏に潜んでいる鈴蔵は、おえんの一言一句を逃さぬために、天井板に当てた竹筒に耳を近づける。

　おえんはしきりに、尊皇こそが日ノ本のあるべき姿と説いている。

「お前様たちは、江戸で生まれ育ち、府内から一度も出たことがないでしょうが、上方は大きく変わろうとしています」

「どう、変わるのです」

　男の声に、おえんが答える。

「京では今、天子様にお仕えする優れた人物を集めていますが、日ノ本中から志がある者が馳せ参じ、その時を待っています」

「その時とは、何が起きるのですか」

「それは、ここでは言えませぬ」

「教えていただけぬなら、京へは行けませせぬぞ」

　別の男が言うと、おえんはしばし沈黙した後で、口を開いた。

「無理強いはしませせぬ。ですが、お前様たちは、嫡男と同じ家に生まれながら、三男五男、そして六男だというだけで親兄弟から軽んじられ、辛く悔しい思いをされているはず。その鬱憤を晴らすために盛り場に通い、女を相手に強がっていたのでしょう。この先も、惨めな暮らしをするつもりですか」

「惨めだと」

「違いますか」

ぴしゃりと言われて、三人の侍は沈黙した。

おえんが続ける。

「天子様のお力になれば、お前様たちのこころの底にくすぶる怒りの炎を燃やせます。いらぬ子と粗末にし、蔑み、馬鹿にされたのはお前様たちの他にもいらっしゃいます。その方々は、近々江戸を発たれます。わたくしどもも江戸を去りますから、次にお目にかかる時は、敵とお心得ください。では、これにて失礼いたします」

「待て」

慌てた侍が、従うことを約束した。

他の二人も順に従う声をあげ、どうすればよいのか訊いた。

おえんは、五味が信平に言ったことと同じ内容のことを伝え、金を持ってここへ来るように言う。

必ず来ると約束した三人は、なんとしても金を集めると言って帰っていった。

見送ったおえんは、天井裏に潜んでいる鈴蔵に気付くことなく、寺から出た。

向かったのは、谷中の町中にある一軒の町家。

追って路地に入った鈴蔵は、板塀の隙間から中を見た。

おえんは、囲炉裏がある部屋にいた三人の浪人者に何か言い、頭と思しき男の横に座った。

笑って立ち上がった二人の浪人が、刀を帯に落として表の戸口から出てきた。

連れだって路地を歩むうち一人が振り向き、祝い酒だと楽しげに言い、町へ出ていった。

路地の角に隠れていた鈴蔵は、ふたたび家を探った。先ほどまで開けられていた外障子が閉められている。

中に入って探ろうかと考えた鈴蔵は、男女が睦み合う声を聞くよりも、先ほどの男たちを探るほうが確かだと思い後を追った。

まだ昼にもならぬというのに、酒を飲ませる店があるのかと思いつつ付いていくと、男たちは酒屋の暖簾《のれん》を潜った。

店の前に行った鈴蔵は、戸口の横で草鞋《わらじ》をなおすふりをした。

狭い酒屋の上がり框《がまち》に腰かけている二人は、店番をしていた三十代の女を相手に他愛もない話をしている。そのうちに、手代が出した升を受け取り、利き酒だと称して飲みはじめた。

徳利《とっくり》を抱えた少女が走ってきて、店に入っていった。

家の使いで来た少女は、対応した手代に、料理に使う酒がほしいと言っている。

鈴蔵はここぞとばかりに客を装って入り、たくさんの品種が並ぶ棚を眺めた。

客を気にもしない二人の浪人は、女を相手に、声を大きくしている。

「おれたちは、もうすぐ大金持ちだ」

「さよう。今日は前祝いだ。この店で一番高い酒を注いでくれ」

二人は惜しげもなく銭袋ごと女に渡し、上機嫌で酒を飲んでいる。

笑顔で応じた女は、品を定めるふりをしている鈴蔵のところに来ると、はんなりと頭を下げ、千文の札が貼られていた角樽《つのだる》を持って浪人たちのところへ戻った。

少女に料理用の酒を持たせた手代が、鈴蔵のところへ来た。

「お待たせしました。どういった物をお望みでしょうか」

「これにしようかな」

町人の身なりに見合う口ぶりの鈴蔵は、信平へのみやげに上方の酒を求め、酒屋を後にした。

戻った鈴蔵から話を聞いた信平は、労いの言葉をかけた。

共にいた善衛門が言う。

「その浪人たちこそが、銭才の手下ではないでしょうか」

佐吉もそうに違いないと言うが、信平は腑に落ちぬ。女が侍たちに金を求めることに、違和感を覚えたのだ。

「鈴蔵、そなたはどう思う」

「銭才の手下にしては、行動が迂闊《うかつ》に見えました」

善衛門が口を挟んだ。

「しかし殿、旗本の倅を連れて京に行くというのですから、捨て置けませぬぞ」

「うむ。確かにそうだが……」

考える信平に、お初が言う。

「その浪人たちを、もう少し調べましょうか」

「よい」

信平はそう言うと立ち上がり、濡れ縁に立って庭を眺めた。

善衛門たちは、信平の考えが読めぬ様子で、顔を見合わせている。

しばし物思いにふけった信平は、そばにお初と鈴蔵を呼び寄せ、憂いを伝えた。

六

出奔する時が来た。昼間の強風が嘘のようにやみ、不気味なほど静かだ。

家族が寝静まるのを待って忍び込んだ母屋から、離れに戻っていた直義は、父が苦心して手に入れた名物、藤四郎《とうしろう》の短刀を胸に抱き、裏庭の土塀を見つめている。

そして程なく、小石が投げ入れられた。澄代が抜け出してきたのだ。

待ちわびていた直義は梯子を駆け上がり、向こう側を見た。

土塀の下から見上げた澄代は、編笠《あみがさ》と荷物を持ち、旅装束をまとっている。

直義は梯子を下ろしてやり、

「ゆっくり」

小声をかけて手を伸ばした。

荷物を離れの庭に落としておき、澄代に手を貸して土塀の上に座らせた直義は、梯子を掛け替えて先に下りた。

「おいで」

「はい」

恐る恐る下りた澄代を抱いた直義は、手を取り合って屋敷を抜け出し、真夜中の町を走った。

谷中の廃寺に行き、崩れた土塀を跨いで中に忍び込むと、月明かりの下に何人かの人影があった。

宿坊に入るその者たちを見届けた直義は、にぎる手に力を込めてきた澄代に言う。

「怖がることはない。今日から助け合う同志だ」

澄代はこくりとうなずいた。

宿坊に歩むと、一人の男が声をかけてきた。男の顔はよく見えぬが、穏やかな口ぶりで、明かりが漏れぬ奥の部屋に行くように言われ、廊下に土足のまま上がった。

部屋の板戸を開けると、奥の襖から明かりが漏れていた。

板戸を閉めて奥へ行き、襖を開けると、知った顔が三人と、知らぬ者が五人いた。皆希望に満ちた顔で直義を見てきてうなずき、無言のあいさつを交わした。次いで澄代に目を向ける侍の中には、あからさまに不服そうな顔をする者がいた。江戸から出る女は関所の調べが厳しいため、足手まといになると思っているのだ。

しかし直義は、何も心配していなかった。おえんに相談したところ、自分の妹として手形を用意すると言ってくれていたからだ。

いくつかの関所を通る時は、侍である自分たちとは離れなくてはならぬが、一時のことだ。

そのことを告げると、侍は納得して機嫌をなおし、他の者と談笑をはじめた。

直義が知る者が一人いなかったが、程なく入ってきた。

「遅くなりました」

走ってきたらしく、額の汗を拭いながら言い、直義を見つけてそばに来た。

「今日に限って兄が夜更かしをしたもので」

恐縮する仲間に、直義は自分たちも来たばかりだと言った。

襖が開けられ、おえんと三人の侍が入ってきた。

初めて見る三人は浪人風だが、堂々としており、刀は着物に見合わず上等な物に見えた。身分を偽るための身なりだろうと思うのは直義だけではないらしく、若者たちは皆、前に立った三十代の男に居住まいを正して、神妙に頭を下げた。

他の二人は、左右に離れて立っている。

蠟燭の明かりの中、おえんがゆったりとした仕草《しぐさ》で、皆の前に正座して言う。

「こちらの三人は、皆様を案内する役目を仰せつかっております。どうぞご安心ください」

直義たちは改めて、三人に頭を下げた。

おえんが言う。

「出立の前に、約束の物を見せていただきます」

応じた若侍たちが、布の包みを自分の前に置いて開いた。

どうやって集めたのか、小銭の山を見せる者がいれば、小判を揃えている者もいる。

澄代を連れている直義は、それらの金を横目に見つつ、うつむいていた。

そんな直義に、おえんが問う。

「東畠殿、いかがされました」

緊張している直義は、刀袋を解いて出した。

「今は路銀しか持っておりませぬが、これは、名物と言われている藤四郎の短刀です。売れば高値が付くでしょうから、京で金に替えて約束の額を渡します」

すると頭の浪人がそばに来た。

「本物か」

「父が自慢しておりましたから、間違いないかと」

「おぬしの父は高家だったな。見せてみよ」

言われるまま渡すと、頭の浪人は刀身を眺めて感心した。

「これは見事だ。間違いなく本物であろう。売れば五百両はくだらぬぞ」

直義は目を見張った。

「そんなに……」

「なんだおぬし、知らずに持ってきたのか」

笑われた直義は、下を向いた。

頭の浪人が短刀を持ったまま、皆に言う。

「これで、おぬしたちの前途は開けた。京で兵を挙げる公家に味方して徳川に勝利すれば、一国一城のあるじも夢ではないぞ。まずは門出を祝おう」

顎で指図された仲間の浪人が、直義たちに升を配り、酒を注いだ。

「これを飲んだら出立だ」

頭の浪人が升を掲げて言い、水を飲むように流し込んだ。

直義は口をつけたのみだが、他の者たちは頭の浪人にならって飲み、きつい酒に息を吐いている。

「さ、もう一杯」

すすめられるまま二杯目を受ける侍たちの背後に回ったのは、頰がこけて目つきの鋭い浪人。素早く抜刀するやいなや、目の前の侍を峰打ちした。

肩の骨が砕ける音がしたと同時に、侍が悶絶《もんぜつ》した。

何が起きたのかすぐに理解できなかった直義は、振り向いた時に仲間が昏倒《こんとう》するのを見て驚愕《きょうがく》し、澄代を抱き寄せて隣の部屋に逃げようとした。だが、立ち上がった時に頭の浪人に背中を蹴られてしまい、澄代共々転がった。

すぐに起き、澄代を背中に守る直義は、藤四郎の切っ先を向ける頭の浪人に言う。

「おのれ、騙《だま》したのか」

「ふん。今頃気付いても遅い」

「すべて嘘だったのか」

「京で公家が挙兵する噂はほんとうだ。旅の途中で小耳に挟んで江戸に来たが、おぬしやそいつらのような旗本の倅が盛り場で愚痴をこぼしていたのを見て、うまい話を思いついたというわけだ。まんまと騙されるとは、よほど家の者を恨んでいるようだが、本気で見返したいなら京へ行け。金などなくとも、雇ってくれるはずだ」

「おのれ、よくも我らの気持ちを踏みにじりおって。許せぬ」

「よく言うだろう。こういう場合は、騙されるほうが悪いのだ」

頭の浪人は馬鹿にして笑ったが、怒りの声をあげて斬りかかった別の若者の一刀をかわし、後ろ首を藤四郎で峰打ちした。

棒が倒れるように顔から倒れた仲間を見た直義は、床に置いている自分の大刀《だいとう》に飛び付いた。抜いて闇雲に振り回し、浪人どもを下がらせようとしたが、藤四郎を捨てて大刀を抜いた頭の浪人が弾き上げ、手から刀を飛ばされた。

脇差を抜いた直義に、頭の浪人が大刀を向けて迫るやいなや、脇差を打ち落とした。

慌てた直義が、床に落ちている藤四郎に飛び付いた。

「しつこい野郎だ」

吐き捨てた頭の浪人が刀を振り下ろした刹那、直義を守ろうとした澄代が割って入った。

背中を打たれて呻き声をあげた澄代を、直義が受け止めた。

「澄代、澄代！」

揺すっても返事をしない澄代は、頭を垂れた。

驚いたおえんが、頭の浪人を見た。

「殺さない約束でしょ」

「ふん、峰打ちだ」

答えた頭の浪人が、恨みの目を向ける直義に舌打ちし、

「しばらく寝ていろ」

そう言って刀を振り上げた時、隣の部屋に目を向けた。

「そこにいるのは誰だ」

暗い部屋に白い影が浮かび、やがて現れたのは狩衣姿。

直義が愕然とする。

「鷹司様」

信平は直義を一瞥し、浪人どもと対峙《たいじ》した。

「そなたらの悪事もここまでじゃ。町方が囲んでおるゆえ逃げられぬ。刀を捨てよ」

穏やかな口調で言う信平に、頭の浪人が頬を引きつらせつつ言う。

「今、鷹司と聞こえたが、京の公家が江戸で何をしている」

「悪人に答える義理はない」

頭の浪人は悪い顔に笑みを浮かべ、刀を正眼に構えた。

「おれたちが町方どもを恐れると思うたか。囲むなら押し通るまでだ。余計なことに首を突っ込まずに蹴鞠《けまり》をしておれば、怪我をせぬものを」

馬鹿にした笑みを浮かべた仲間の二人が加わり、信平を囲んだ。

頭の浪人が言う。

「逃げ道はなくなったぞ。腰の飾り刀を置けば、命は助けてやる」

「磨を盾にして逃げるつもりなら、やめておけ」

「ほざくな」

頭の浪人が怒鳴り、峰打ちにせんと迫った。

打ち下ろされた刀を右に足を運んでかわした信平は、空振りした相手の背中を押した。

勢い余ってつんのめった頭の浪人が、怯えている旗本の息子を邪魔だと怒鳴って蹴り飛ばし、仲間と組んで信平の三方を囲んだ。

宿坊の天井は高い。

頬がこけた浪人が刃を返して大上段に構え、もう一人は下段に構える。

正眼に構える頭の浪人と三人で息を合わせ、信平を斬るつもりだ。

動じぬ信平は、正面にいる頭の浪人を見据えて狐丸を抜き、構えず右手に提げた。

それを隙と見た右の浪人が出る。

「えい！」

気合をかけて大上段から斬りかかるのとほぼ同時に、二人の浪人も迫る。

信平は狐丸を振るい、大上段からの一撃を弾き上げた。華麗に狩衣の袖を振るって身体を転じ、左下から迫る一刀をかわす。そして、頭の浪人が突き出した刀を狐丸で受け流した。

一連の動きは一瞬の出来事であり、頭の浪人は、目を大きく見開いた。突きの一撃を受け流した信平が狐丸を転じて、後ろ首に当たる寸前でぴたりと止めていたからだ。

「誰も殺めておらぬ者は斬らぬが、抗《あらが》うなら容赦せぬ」

ごくりと喉を鳴らした頭の浪人が、刀を捨てた。

「ま、参りました」

両膝をつくのを見た二人の浪人とおえんは、頭を見捨てて我先に出口に向かう。

板戸を開けると、庭から多数のちょうちんが近づき、捕り方たちが六尺棒を構える。

浪人の二人は観念したが、おえんは廊下を走って逃げようとした。

その行く手に立ちはだかった五味が、両手を広げる。

「あきらめな」

するとおえんは、歯をむき出した。

「このすかたん野郎！」

悔し紛れに頬をたたかれた五味は、突然のことに目をしばたたかせた。

「痛っ！　何をするか！」

「うっるさい！　もう少しで楽ができたのに、ちくしょう！」

暴れるおえんに手こずる五味。そこへ、頭の浪人を捕らえた町方同心が出てきた。

おえんを同心にまかせた五味は、左の頬をさすりながら、奥の部屋を見た。

この時信平は、鈴蔵が澄代の意識を取り戻そうとしているのを見守っていた。

骨はどこも折れていないと言った鈴蔵が、頬を軽くたたいて声をかけている。眉根を寄せて、程なく目を開けた澄代。安堵した直義が、信平に向いてうずくまった。

親兄弟を見返したかったと、涙を流して悔しがった直義が、怪我をした澄代に向き、すまない、と言って頭を下げた。

このことが明るみに出れば、直義たちの命ばかりか、御家の存続も危ない。

信平を恐れた旗本の息子たちは、浪人たちを捕らえる町方の隙をうかがい、逃げてしまった。

気付いて追おうとした同心を、五味が止めている。

信平は、見てきた五味に、それでよいという目顔で微笑み、浪人たちとおえんを託した。そして、うずくまったままの直義に問う。

「親兄弟を見返したいというよりも、澄代殿と江戸を離れたかったのが本心ではないのか」

直義は驚いた顔を上げたが、平身低頭して願う。

「どうか、澄代がここにいたことは、父に言わないでください」

「麿と来るがよい。澄代殿、歩けるか」

「はい」

「では、まいろう」

信平は二人を連れて寺を出ると、東畠家に向かった。

黎明《れいめい》の町は静かだった。

東畠家の門前では用人が一人で待っており、信平たちを見るなり門を開けた。

信平が二人を連れて中に入ると、玄関前で待ち構えていた父親の君綱が歩み寄り、信平に頭を下げたかと思うと直義に迫り、顔を殴った。

信平はお初を遣わし、君綱に教えていたのだ。

君綱は信平に向き、助けてくれたことを感謝し、城での非礼を詫《わ》びた。

信平は言う。

「一途《いちず》な直義殿は、夢を見られたのみ。麿はこれで帰ります」

君綱が驚く。

「見逃してくださるのか」

信平は微笑んだ。

「騙した一味は、銭才に関わりなき者ゆえ」

「重ねて、お礼申し上げます」

「ひとつだけ」

「なんなりとおっしゃってくだされ」

「直義殿が江戸を出ようとした真のわけは、他にあるようです。そのことは、君綱殿が解決すべきかと」

そこへ兄の君貴が来て、神妙な態度で信平に頭を下げた。直義から藤四郎の短刀を取り上げ、君綱に言う。

「父上、このような仕儀となりましたからには、やはり直義とは、親子の縁を断つべきです。それができぬと仰せならば、不埒《ふらち》な弟と逃げた澄代殿との縁談は、なかったことにしてください」

君綱は驚く。

「わしが縁を切らぬと知ったうえで言うておるな。そちは、それでよいのか」

君貴は口角を上げげた。

「親同士が決めた縁談です。わたしの胸はまったく痛みませぬ」

「兄上」

「兄とは思うておらぬ」

顔を見もせず言う君貴であるが、拳に力を込めたのを信平は見逃さない。

信平には君貴の横顔が、どことなく寂しそうに思えた。

それは直義も感じたらしく、君貴に頭を下げた。

「兄上のことを今まで誤解し、恨んでいました」

「ふん」

鼻であしらった君貴が、厳しい顔で言う。

「鷹司様からのせっかくのお誘いを断る大馬鹿者でも好いてくれる澄代殿を、生涯をかけて幸せにしろ」

「はい」

君貴は、信平に向いて両膝をついた。

「鷹司様、直義をお見逃しくださるならば、改めてお願い申し上げます。この大馬鹿者が二度と過ちを犯さぬよう、何とぞ、家来にしてやってください」

平身低頭して願う君貴に、君綱は慌てた。

「よさぬか。今さらお願いできるはずなかろう」

「いや、直義殿にその気があれば、麿は構いませぬ」

君綱は目を見張った。

「まことに、よろしいのですか」

信平はうなずく。

「ただし、江戸ではなく、新たに賜った領地におもむいてもらうことになりますが」

君綱は安堵した笑みを浮かべ、信平に頭を下げた。そして、直義に言う。

「聞いたか直義」

「はい」

直義は君貴に並んで両膝をつき、頭を垂れた。澄代も直義の後ろに座し、両手をついた。

君綱が直義に言う。

「まずは、そちが立派に、信平様にお仕えして見せよ。澄代殿とのことは、その後のことじゃ。澄代殿の親御は、わしがなんとか説得して見せる。どうじゃ」

直義と澄代は涙を流して応じ、信平に頭を下げた。

「この御恩は、生涯をかけてお返しいたします。何とぞ、お願い申し上げます」

信平は直義の肩に手を添えて頭を上げさせ、微笑んでうなずいた。

こうして、信平の家来になった直義は、澄代との将来を約束された。

直義十八歳、澄代十六歳の春である。


数日後、直義は実家を出て、信平の屋敷に来た。

公儀から新しい領地へ行く許しをもらっていた信平は、その日まで赤坂の屋敷で仕えるよう言い渡し、佐吉に面倒をみさせることとした。

そこへ、城に呼ばれていた善衛門が戻ってきた。

直義のあいさつを受けた善衛門は、上機嫌で励めと言い、信平の前に座した。

「殿、お喜びください。人捜しに苦慮していることを耳にされた上様が、二人の若者をくださり、さっそく連れてまいりました」

「それはありがたいことじゃ」

善衛門が廊下に向いて声をかけると、紋付き袴を着けた若者が二人現れ、正座して頭を下げた。

細身の若者は小暮一京《こぐれいっけい》と名乗った。年は二十歳。

もう一人の若者は肌の色が浅黒く、筋骨たくましそうだ。

「山波新十郎《やまなみしんじゅうろう》にございます」

十六歳だという若者の名をどこかで聞いたことがある信平は、善衛門を見た。

すると、新十郎が言う。

「父が、たいへんお世話になったと聞いてございます。母が、山波家の今があるのは、信平様のおかげだと申しておりました」

信平が驚くと、善衛門が笑って言う。

「杉《すぎ》家（筑後守《ちくごのかみ》）剣術指南役のお子ですぞ」

当時のこと（『公家武者信平ことはじめ㈣　第三話「女剣士」』参照）を思い出した信平は、改めて新十郎を見た。

「まことに、一郎《いちろう》殿と菫《すみれ》殿の子か」

「はい」

佐吉が驚いて言う。

「あの時、菫殿の腹におったのがそなたか。いやまて、十六では年が合わぬ」

「次男にございます」

顔を上げて答えた新十郎に、信平が問う。

「一郎殿とは長らくお目にかかっていないが、息災か」

「はい。今も母に勝てぬと嘆いておりますが」

新十郎はそう言って、皆を笑わせた。

信平は、若者を順に見て言う。

「頼もしき者が三人も増え、麿は嬉しいぞ」

新十郎たちに並んだ直義が、粉骨砕身《ふんこつさいしん》する誓いの言葉を述べ、揃って頭を下げた。

信平は三人に穏やかな眼差しを向け、こころから喜んだ。

第三話　宮中の誘い

一

新月の闇に包まれた山に、ひっそりとたたずむ寺がある。

山門の前を歩いていた鹿の親子が、何かを警戒するように立ち止まり、すぐさま走って茂みに逃げ込んだ。

先ほどまで鹿がいた場所に、数人の人影が現れて足を止めた。

背の高い者が手を振って指図すると、一人が土塀に向かって走り、人並み外れた跳躍をもって越えた。

程なく門が開けられ、待っていた者たちが足音もなく駆け込む。

本堂の横にあるのは、住持《じゅうじ》が暮らす家。表には十八畳の広間がひとつあり、裏向きには台所、居間、納戸、下働きの者が暮らす小さな部屋が二つ、そして、住持の寝間を兼ねた八畳間がある。

家に侵入した曲者たちは、眠っていた小者の口を封じ、各部屋を確かめながら奥へと進む。

寝所で眠っていた住持は、物音に気付いて目をさまし、起き上がった。

「動くな」

低く落ち着いた声が目の前でしたが、住持には何も見えぬ。

「誰ですか」

齢《よわい》四十五の住持も、声の主に劣らぬ落ち着きようで問う。

廊下にちょうちんを持った曲者が現れると、住持は目を見開いた。なぜなら、反りのきつい太刀の切っ先が向けられていたからだ。

ちょうちんの明かりに光る太刀を持つ曲者の顔は、覆面で目しか見えぬ。鋭く光る眼差しは、誤魔化しがききそうにない。

じっと目を見ている住持に、曲者が問う。

「そちが預かっていたはずの者が見当たらぬが、どこにおる」

住持は真顔で曲者を見据えた。

「はて、なんのことか。寺を間違えておらぬか」

「調べはついているのだ。正直に申せ」

「言わねば、なんとする」

「寺男を殺す」

裏庭に寺男が引き出され、手の者が首に刀を向けた。

住持は、目の前にいる曲者を睨み、微笑む。喉元に向けられた太刀を恐れるどころか、素手で刀身をつかむなり喉を突き刺した。

「何をする」

曲者は慌てて太刀を引いた。

だが住持は、血泡を吹いて仰向けに倒れ、そのまま息を引き取ってしまった。

曲者は、呆然《ぼうぜん》と立ちすくむ。

そこへ現れた僧侶に対し、怒りの眼差しを向けて言う。

「帳成雄《ちょうせいゆう》、かのお方はいないぞ。どういうことだ」

「確かに、いたはずなのです」

目をつむって探る帳成雄は、渋い顔をする。

「奇妙な……」

「先ほどまでの自信はどうした。おぬしまさか、この坊主を見ていたのではあるまいな」

曲者は舌打ちをした。

「今は、見えませぬ」

「どうした」

「確かに影はあったのですが、騙されたかもしれませぬ」

悪びれもしない帳成雄に、曲者が侮蔑の日を向けて憎々しげに言う。

「おのれのような者を頼られる銭才様は、どうかしている」

帳成雄は、不快な顔をした。

「甲斐《かい》殿、いかに十士《じっし》といえども、無礼は許しませぬ。お言葉に気をつけなされ」

「黙れ。このざまをどうご報告しろというのだ」

怒る甲斐に、帳成雄は手の平を向けた。

「落ち着きなさい。まだ日があります。その時までに捜し出せばよいではありませぬか」

「呑気なことを言うておらずに、今すぐに探れ」

甲斐に太刀を向けられた帳成雄は、背を向けて廊下から庭に下り立ち、空を見上げて目を閉じた。口の中で呪文を唱え、捜し人の居場所を突き止めようとするも、程なく肩を落とす。

甲斐が庭に飛び下りて詰め寄る。

「どうした」

「霧がかかったように、見えなくなりました」

「またか！」

甲斐は寺男を見た。そばに立っている配下が言う。

「問いましたが、知らぬと言うばかりです」

寺男は怯え切っており、嘘を言っているようには見えない。

苛立つ甲斐は右手で太刀を一閃し、配下が押さえていた寺男の首を斬った。

頭を垂れる寺男を見もせず血振るいをして鞘《さや》に収め、配下に命じる。

「寺を焼き払え」

応じた配下たちが散り、寺の建物から火の手が上がった。

炎に包まれる本堂を背にして山門から出た甲斐は、帳成雄に言う。

「おれは残って周囲の村を捜す。そちは京へゆけ、居場所が分かり次第知らせをよこせ」

「承知しました。では」

警固の者を二人連れて山を下りてゆく帳成雄を見送った甲斐は、隣に並んだおのれの軍師に、

「使えぬ奴じゃ」

そう吐き捨て、別の山道へ消えていった。

二

薫風が鞍馬山から吹き下りてきた。

麓の店で米を求めて通りに出ていた信政は、ほのかな花の香りに誘われて山を見上げる。赤坂の屋敷の庭は、佐吉が育てる花々の香りに満ちており、母を喜ばせているだろう。

月見台で談笑する父母の姿を想像した信政は、無性に赤坂に帰りたくなった。

だが、己の力はまだまだ。

修行に励まねばと自分に言い聞かせて、山に戻るべく、商家が並ぶ道に歩みを進める。

旅籠《はたご》の前で談笑している町の女房たちに会釈をして行こうとした時、急に腕を引かれたかと思うと、

「どこのいい男かと思ったら、やっぱり信政様でした」

お徳《とく》がそう言ってにこりと笑う。

女房たちの中にはいなかったはず。

どこから出てきたのだろうと不思議に思う信政の前で、お徳は女房たちに向かって、また明日と言い、信政の荷物をのぞき込んだ。

「あら、米しか買ってないじゃないの。おかずはどうするつもりかね」

何かと気にかけてくれるお徳に、信政は笑顔で言う。

「師匠と釣った岩魚《いわな》があります」

「毎日岩魚もいいけれど、畑の物も食べなきゃだめよ。ちょっとおいでなさい」

いい物があるから、と言って家に連れて行かれた信政は、鞍馬寺の山門へ向かう男が目にとまった。

若い男は、上等な生地の着物を着ており、村の者ではない。

寺の参詣者だと思った信政は、山門を潜る後ろ姿を見て前を向き、お徳に付いて家に行くと、勝手口から台所に入った。

醬油出汁《しょうゆだし》の煮物のいい匂いがする。

お徳は竈《かまど》に置いている大鍋の蓋を取り、湯気を上げる煮物を箸でつつきながら、もう煮えているね、と言い、味見をした。

「うん、美味しい」

そう言って皿に入れて渡してくれたのは、竹の子とふきの煮物だ。

信政は礼を言って訊く。

「この肉は」

「ああ、雉《きじ》だよ。隣の亭主が今朝獲《と》ってきたばかりのをもらったのよ」

珍しい食べ物だと思った信政は、指でつまんで口に入れた。嚙むと濃厚な味が口いっぱいに広がり、改めて皿にある肉に目を向ける。

「旨い」

「それはよかった。若いんだから、肉のほうがいいでしょう。いっぱい作ったから食べておくれ」

大きな器に盛ったのを持たせてくれるお徳に礼を言い、信政は鞍馬山を登った。

急な坂を小走りで小屋に戻ると、障子が閉め切られた部屋の中から道謙の声がした。

「信政、戻ったか」

「はい。今日もお徳さんから、美味しい煮物をたくさんいただきました」

勝手口に行こうとすると、

「荷物をそこに置いて、修行をしておれ」

いつになく厳しい声音で命じられた。

信政は、何だろうと思いつつも、素直に応じて荷物を縁側に起き、そこに置かれていた木刀を持って山に入った。

木々を相手に木刀を振るい、斜面を駆け上がったり飛び下りたりしながら、激しい修行を重ねた。

ぴたりと止まって目をつむる信政の息は、まったく乱れていない。その信政の背後にあるもみじの枝から、一匹の黒い蜘蛛が下りてきた。

頭をやや垂れ、無心の境地にいる信政は、自分の襟首に蜘蛛が入ろうとした刹那に振り向き、目の前に糸を垂らして下りてゆく蜘蛛を見届けた。

「虫の気配すら感じよ」

道謙の教えが脳裏に浮かんだ信政は、できたと独りごちて微笑む。

眼下の小屋から、道謙が出てきた。

虫の気配を感じられたことが嬉しい信政は、師匠に報告したくて斜面を下りようとしたのだが、足を止めた。道謙の後に続いて、人が出たからだ。

よく見れば、その者は麓で見かけた男だった。

道謙に頭を下げて山を下りていく男は、途中で足を止めて、小屋の横手の斜面にいる信政を見てきた。

目が合った信政は、頭を下げた。顔を上げると、男は微笑んだように見えた。そして前を向き、山をくだってゆく。

斜面を飛ぶように駆け下りて小屋に戻ると、すでに入っていた道謙は身支度をしていた。

「師匠、お出かけですか」

「うむ。ちと用ができた。明日は京へ戻るゆえ、そなたは加茂光行《かものみつゆき》の家で待っておれ」

久々の京に、信政は喜んだ。

「はい。では早めに夕餉の支度をします。お徳さんから、雉と竹の子の煮物をいただきました」

「ほほ、では雉を肴《さかな》に、一杯やるとしよう」

眉尻を下げる道謙にうなずいた信政は、夕餉の支度にとりかかった。

そして膳を調え、道謙に酒を注いだ信政は、雉肉に舌鼓を打った。

「旨いか」

「はい。よく味が染みて、柔らかくなっています」

「竹の子も、旨いぞ」

言われて信政は、竹の子を食べた。気になることを訊くため箸を置いて口の中の物を飲み込み、道謙に向く。

「先ほどのお客様は、宮中からの御使者ですか」

道謙は盃《さかずき》を口に運ぶ手を止め、信政を見てきた。

「どうしてそう思う」

「なんとなく」

「ま、気にするな。甥に呼ばれたが、たいした用ではなかろう」

軽々しく言う道謙であるが、甥というのは仙洞御所《せんとうごしょ》に暮らす後水尾法皇のこと。

そのことを知る信政は、表情を引き締めた。父信平が戦う下御門に関わることかと心配し、問おうとしたが、口を制すように道謙が言う。

「難しいことではない。ちと、甥の顔を見にゆくだけじゃ」

早く食べろと言われて、信政は素直に従い食事を続けた。


翌朝、僅かな荷物を胸に縛り付け、道謙を背負った信政は、まだ夜が明けたばかりの鞍馬山を小走りで下りた。

麓からは自分で歩くと言う道謙を下ろし、後に続く。歳を感じさせぬ健脚ぶりを見せる道謙のおかげで、一刻（約二時間）と少しで照円寺《しょうえんじ》近くまで戻った。

信政は道謙を追い越して振り向き、頭を下げて言う。

「せっかくですから、家に寄られてはいかがですか。きっとお喜びになられます」

道謙は目を細めた。

「いらぬ気を使うところは、信平によう似ておるな。よし、ちと女房殿のご尊顔を拝し、月太郎《つきたろう》の頭をなでてやるか」

笑いながら家に足を向けた道謙に、信政は付いてゆく。

久しぶりに戻った道謙を、おとみはまるで、朝出かけて戻ったかのように迎え、信政に言う。

「山の暮らしは厳しいでしょう。ちゃんと食べているのかね」

「はい」

「それならいいけど。朝ご飯は食べたのかい」

「いえ、早かったものですから」

「旦那様、仙洞御所に行かれる前に、ご飯を食べるでしょう」

道謙は驚いた。

「昨日の者に聞いておったか」

「あい。きっと寄られると思って、作って待っていました」

「信政のことを話したのか」

「いいえ、一言も」

「ならばよい」

使者は、道謙がこの家にいるものと思って訪ねてきた時、用件も教えていたようだ。

月太郎は、少し見ないあいだに大きくなっていたが、道謙のことを忘れたのか、台所に立つおとみから離れようとしない。

「月太郎、父上のところにいなさい」

おとみが優しく言うと、月太郎は不安そうな顔を道謙に向けてきた。

笑った道謙は、月太郎を抱き上げて言う。

「おお、すっかり重くなったな。よいよい。母の作る飯は旨かろう。どうじゃ」

月太郎はまだ少ししか言葉を覚えておらず、信政には意味が分からぬことを言って、外を指差している。

「おおそうか、外におもしろい物があるのか、よしよし」

どうして分かるのか信政には不思議だったが、道謙は別人のように優しく接して、月太郎の言いなりに裏庭へ出ていった。

おとみが調えてくれた朝餉を食べている時、道謙は思いついたような声を発して箸を止め、信政の顔を見てきた。

「どうじゃ信政、今夜はここに泊まることにして、このまま待っておるか」

「はい」

京見物をしようと思っていた信政は少々がっかりしたものの、そうすることにした。

だがおとみは、信政の気持ちを察して言う。

「久しぶりに山を下りたのですから、町に行きたいでしょう」

「いえ……」

下を向く信政を見ていた道謙は、微笑んだ。

「分かりやすい奴じゃ。昨日言うたとおり、加茂の家に行くとしよう」

信政は元気よく返事をして、急いで食事をすませた。

笑ったおとみが、信政に言う。

「町の見物はいいけれど、一人で行ってはだめですよ。光音《みつね》さんに案内してもらわないと、心配だから」

子供扱いするおとみに、信政は笑顔で応じた。

食事を終え、礼を言った信政は、道謙に従い加茂家に急いだ。

昼前に到着した二人を喜んで迎えてくれた加茂光行は、信政を上から下まで見て、驚いたように言う。

「鞍馬山に入る前とはずいぶん見違えて、大人びたな。背は信平殿に近づいたのではないか」

自分では分からぬ信政は、かしこまって頭を下げた。

道謙が言う。

「急にすまぬが、わしの野暮用をすませるまで信政を頼む」

「なあに、来るのは分かっておった」

薄笑いを浮かべる光行に、道謙は探るような顔をする。

「光音か」

「ふっふっふ。信政殿のことは承知した。ささ、信政殿、上がりなされ。道謙殿、その野暮用とやらをすませた後は、ゆっくりできるな。今夜は泊まってゆくのだろう」

「そうしたいが、おとみと月太郎が待っておるからの」

「それは残念。では野暮用をしに行く前に、少し上がりなされ。光音が待っておるゆえな」

「何か、見えておるのか」

「ま、それは後で分かる。ささ、入られよ」

招かれるまま上がる道謙に続いた信政は、緑鮮やかな楓や苔《こけ》が美しい庭が見える廊下を奥へ進んだ。

三方を白壁に囲まれた部屋の真ん中に正座していた光音は、白地に夏の草花が染められた雅《みやび》な小袖と、濃い紫の袴を着けている。

腰まで伸びた髪を絵元結《えもとゆい》でひとつに束ねている後ろ姿が、繊細で弱々しい。

人の気配に振り向くこともなく、昼間だというのに火を灯した蠟燭に向かって正座しているのを見た信政は、いったい何をしているのか想像もつかなかった。

光行が、不思議そうな顔をしている信政の腕を引き、中に入るよう目顔で促す。

戸惑う信政は道謙を見た。

道謙にうなずかれ、信政は部屋に足を踏み入れた。

すると光音が、見もせずに言う。

「敷物にお座りなさい」

敷物は、光音の真後ろに置かれた朱色の物がひとつのみ。

言われるまま信政が正座すると、光音は立ち上がり、信政に向いて座りなおした。

白目が青みがかり、意志の強そうな眼でじっと見つめられた信政は、恥ずかしくなって下を向いた。

「目を見なさい」

年上の美しい光音に強い口調で言われ、信政ははいと答えて顔を上げた。

身を乗り出した光音が、じっと見てくる。

信政は背筋を伸ばして、目をそらさなかった。

「宮中へは、決して行ってはだめ」

いきなりそう言われた信政は、意味が分からず戸惑った。

後ろで見ていた道謙が笑い、光音に言う。

「案ずるな。弟子はここで預かってもらうために連れてきただけじゃ。宮中へ用はない。わしは、仙洞御所に呼ばれておるゆえ、そのあいだ、町の見物でもさせてやってくれ」

光音は安堵してうなずき、信政に背を向けた。

道謙が光行に問う。

「弟子への忠告は、下御門の動きを探ってのことか」

「いや、近頃は手の者が光音に探りを入れてこぬようになり、今では、相手の影すら見えなくなったようじゃ」

「光音と同等の力を持つ者が、命を落としたか」

「そう考えるのは危うい。なりを潜めておると睨む光音は、毎日こうして油断せず探っておるが、何も見えぬ。光音に興味を失い、他のことをしておるのかもしれぬが、それがかえって不気味じゃと言うておる」

「では、京は静かなのじゃな」

「うむ」

「それはよい。信政、町の見物でもしておれ。夕方には戻る」

「承知しました」

出かける道謙を表門まで見送った信政は、中に入ろうとして息を呑んだ。振り向いた目の前に、光音がいたからだ。

先ほどとは別人のように穏やかな笑みを浮かべた光音が、町を案内すると言ってくれた。

右も左も分からぬ信政は喜び、

「お願いします」

と頭を下げ、まずは八坂《やさか》の町へ行くと言って歩みを進める光音に付いて行った。

三

信政と光音が八坂の町から清水寺《きよみずでら》に上がった頃、道謙は仙洞御所にて法皇と面会していた。

朱色の太鼓橋が架かる泉水を望める部屋には、法皇と道謙のみ。

叔父との再会を喜ぶ法皇は、あいさつもそこそこに、道謙に茶をすすめながら言う。

「鷹司信平の息子は、息災ですか」

道謙は茶碗を取る手を止め、法皇に顔を上げた。

「わしのもとにおるのを、知っておられたか」

「関白（鷹司房輔《ふさすけ》）から聞きました」

この歳になって弟子を取ったことが、珍しいのであろうか。

道謙はそう思った。

「気になりますか」

法皇は微笑み、うつむき気味に言う。

「信平は道謙様の弟子に相応しい者となりましたが、信政はいかがですか」

「まだまだこれから、と申し上げておきましょう」

飄々《ひょうひょう》と答える道謙に、法皇は真顔となって言う。

「山暮らしは何かと不便でしょう。この館で、わたしと共に暮らしませぬか」

道謙は茶碗を両手で包むように持ち、抹茶を見ながら、法皇の魂胆を考えた。ゆっくり茶を飲み、法皇の目を見る。

「この年寄りを気遣《きづこ》うてのお誘いではないでしょう。本音をお聞かせください」

法皇は渋い顔をして、ひとつ息をついた。

「実は近頃、帝がわたしを遠ざけるのです。関白ともお会いにならず、一条内房《いちじょううちふさ》（右大将《だいしょう》、後の冬経《ふゆつね》）をはじめとする側近の者でさえ遠ざけてしまわれ、御所の奥に籠もられたままなのです」

意外な言葉に、今度は道謙が渋い顔をした。

「あの帝が、取り巻きの者たちを遠ざけられるとはよほどのこと。ご健勝であらっしゃいますか」

つい昔の言葉遣いが出る道謙に、法皇は笑みも見せず憂鬱そうな顔で答える。

「内房はご健勝だと申しますが、その内房さえも、実は幾日もご尊顔を拝しておらぬようですから、案じております」

法皇は、紫の法衣《ほうえ》に掛けている深紅の袈裟を揺らして、かがみ気味に道謙を見てきた。

「そこで、道謙様にご足労願いました」

道謙は目を細め、法皇の腹を探った。

「わしに、帝の様子を見てまいれと仰せですか」

「そう願いたいところですが、今の帝は、道謙様も拒まれましょう」

両手をつく法皇に、道謙はいやな予感がしたが口には出さず、あえて訊いた。

「何を、お考えです」

「信政を、しばらく貸していただけませぬか」

これにはさすがの道謙も驚いた。

「てっきり、わしに御所へ押し入れとおっしゃると思うて身構えましたが、まさか、弟子を貸せとは」

「このとおり」

無毛の頭を下げられて、道謙は困った。

「法皇が頭を下げられるのを初めて見ました。それほどに帝を案じてらっしゃるのはよう分かりましたが、弟子はまだ十四」

手を差し伸べて頭を上げさせた道謙は、神妙に問う。

「未熟者に、何をさせるおつもりですか」

「難しいことではない。帝に奉公させ、様子を探らせたいのです」

これまで後見役として朝廷を牛耳《ぎゅうじ》ってきた法皇の弱気に、道謙は憂えずにはいられない。

「まさか、下御門実光が帝に近づいておるのではありますまいな」

「それが分からぬゆえ、案じているのです。ご存じのとおり、帝はわたしに似て覇気《はき》に富み、また奔放なところがあります。徳川寄りの公家を疎み、内房のように徳川を嫌う者をそばに置いておられましたから、わたしが知らぬうちに、下御門が近づいておるやもしれぬと思うのです」

　道謙は問う。

「今帝のおそばには、誰がいるのです」

「若い男が一人」

「その者が、取り次ぎをしているのですか」

「いいえ、もう一人、帝が信頼を置く女官が務めております」

　道謙は腕組みをして考えた。

「おおかたの話は分かりましたが、先ほど申しましたように信政はまだ未熟者ゆえ、お役に立てぬかと。他に頼られる者はおらぬのですか」

　法皇は真剣な眼差しを向けた。

「手を尽くした果ての頼みです。信平の息子ならば素性《すじょう》は確かと思い、ご足労願うた次第。元服はしておろうが十四の子供ゆえ、帝も警戒されまいと考えてのこと。このとおり、頼まれてくれませぬか」

　法皇に二度も頭を下げられ、道謙はいよいよ困った。

　様子をうかがうだけならば、信政は十分に働けよう。だが、下御門の魔の手が伸びているとすれば、信政とて……。

平身低頭する法皇を前に目をつむって唸った道謙は、信政のことを考え、程なく目を開けた。

「承知しました」

「お受けいただけますか」

安堵した法皇に、道謙は続ける。

「ただし、宮中に下御門の影があるならば、弟子が信平の息子と知られるのは危うい」

法皇は、もっともだとうなずいた。

「では、関白の養子とすればよろしいかと。関白には、わたしから話しておきます。御所では、内房が渡りをつけることになっておりますからご安心を」

「手回しがお早いことで」

「何せ、帝のことゆえ」

神妙に言う法皇に、道謙は渋い顔でうなずく。

「では、明日ここへ、弟子を連れてまいりましょう」

「関白には、これより伝えます」

「くれぐれも、外へ漏れぬように」

「心得ました」

来る刻限を決めた道謙は、仙洞御所を辞した。


加茂家の屋敷に戻った道謙は、どうだったかと問う光行には下話をしておき、町の見物に出ている信政と光音を待った。

そして、夕方になって戻った信政に話して聞かせた。

「いけませぬ」

信政が返事をする前に反対したのは、他ならぬ光音だ。

いつになく娘の厳しい態度に光行が心配し、

「何か、見えておるのか」

そう問うと、光音は道謙から眼差しを転じて光行を見て、下を向いた。

「はっきり見えているわけではないのですが……」

「が、なんじゃ」

「おこころが酷《ひど》く揺さぶられた信政殿のお姿が、ぼんやりと目に浮かびました」

「心配なのか」

「はい」

うむ、と応じた光行が、黙っている信政を一瞥し、道謙に顔を向けた。

「孫の言うことは聞いたほうがよいぞ」

道謙は返事をせず、光音に言う。

「宮中に、下御門の影があるのか」

光音は首をかしげた。

「そういうのではなく、信政殿のこころが落ち着かないといいますか、どう口でお伝えすればよいのか、わたしにもよく分からないのです」

「なんじゃと、光音にも、分からぬことがあるのか」

右の眉毛を上げて不思議がる道謙の横で、光行が感づいた顔をした。

「ははん、さては、浮いた話があるということじゃな」

光音はまだ首をかしげている。

道謙は笑った。

「案ずるな。宮中は華やかさがあると思うておるようじゃが、女官は厳しく、帝の周囲も案外質素ゆえ、信政が惑わされることはない。それに信政は、帝のご様子を見ればよいだけじゃ。数日のみのご奉公ゆえ、おなごに惑わされる前に出てくる」

「そ、そういう意味ではないのですが」

戸惑う光音は、無垢《むく》な信政を気にして口を閉じた。

光音が引き下がったことで、下御門の影はないものと判断した道謙は、信政に言う。

「よいか、今から宮中での作法を教える。しかと身に着け、法皇様のご期待に応えよ」

突然のことに、早くもこころ揺さぶられる信政であったが、法皇ではなく師匠の期待に応えるべく、気持ちを引き締めた。

「お役に立って見せまする」

「うむ。そなたはよう躾けられておるゆえ、さして教えることはない。御所では気負わず、わしに接するようにすればよい」

「はい」

「では、細々《こまごま》としたことを伝えておこう」

二人きりになるべく部屋を出る道謙に続いた信政は、別室で一言一句逃さず聞き、頭と身体にたたき込んだ。

皇軍などという言葉が飛び交う今の時期に善衛門が知れば、大騒ぎしそうなことだが、道謙はまったく気にもとめぬ。

信平ならば拒まぬはずだと、確信しているからにほかならない。

四

翌朝、仙洞御所で道謙と別れた信政は、法皇に連れられて参内した。

待っていた一条内房の案内で、帝がいる御所に行く。

初めて目にする御所内の物すべてがいかめしく思えるのは、信政が緊張しているからであろうか。

黒い狩衣を身に着けている信政は、鷹司牡丹が入れられている胸に手を当てた。父信平を想い、ひとつ大きな息を吐いて気持ちを落ち着かせる。

その様子を見ていた内房が、薄い笑みを浮かべた。

「ほう、よい顔つきになった」

信政は恐縮した。

内房が言う。

「抜かりなく頼むぞ」

「承知しました」

「まだ十四と聞いたが、なかなかよい」

満足したように言う内房が歩みを進め、御所内の八畳間で待つこと程なく、女官が来た。

白の着物に深紅の袴を穿《は》き、濃緑の上着姿は、信政が知る武家の様式とは違った衣装だ。

髪型も武家とはまったく違うものだが、目を伏せた信政は、そこまでは見ていない。

意志が強そうな面持ちの女官は、柔らかな笑みを浮かべる内房に軽く頭を下げて部屋に入り、下手に座した。

内房が信政に教える。

「このお方は、帝が信頼を置かれる定蔵東子《さだくらとうこ》殿だ。東子殿、この者は関白殿の養子だ」

「鷹司信政と申します」

下御門を警戒するなら名を変えたほうがよいのだが、信政は拒んでいた。養子のことはともかく、名前まで偽りたくないと、道謙を説得したのだ。

東子は、信政に目を向けてきた。その眼差しは厳しい。

「それで、わたくしにどうしろと」

齢二十九の東子は、帝の信頼があるだけに強気だ。内房に対しても遠慮はなく、厳しい態度でのぞむ。

内房は、そんな東子の気性を把握しているらしく、穏やかに言う。

「わたしは帝から遠ざけられているが、心配で心配で、夜も眠れない日が続いているのだ。そこで、東子殿に頼みたい。この者を、帝のおそばに置いていただけないだろうか」

「帝を見張らせるというのですか」

「いや、そうではない。そばにお仕えする者がたった二人では、何かと不便であろうし、そなた様らとて休む間もないはず。関白殿もいたく案じられ、まだ無垢なこの者を仕えさせたらどうかとおっしゃったのだ」

東子はふたたび、信政を見た。

信政は背筋を伸ばして顎を引き、目を伏せ気味にしている。

その精悍な姿に、東子は納得したようにうなずいた。

「帝におうかがいを立てましょう。少々お待ちを」

立ち去ろうとした東子に、内房が言い添える。

「取り次ぎ役として、今日からなんなりとお申しつけくださるよう伝えていただきたい」

応じた東子が下がった。

「今の様子では、気に入られたようだぞ」

内房が言い、身を寄せて小声で続ける。

うまく仕えることができれば、帝の様子を包み隠さず内房に伝えることと、そばに仕えている男の正体を探ること。

「よいな」

師である道謙からすでに言われていたことだが、念押しされた信政は、前を向いたまま無言でうなずいた。

正面に見える庭に白鶺鴒《はくせきれい》が舞い降り、地面をつついて飛び去った。

程なく廊下に衣擦《きぬず》れの音がして、東子が戻ってきた。

下座に正座した東子は、笑顔もなく、むしろ厳しい顔で内房を見て言う。

「帝が許されました。信政殿、ご案内します」

「はは」

返事をして立ち上がる信政の横で、内房が言う。

「東子殿、わたしも一言ごあいさつをしたいのだが」

「信政殿のみをお通しするようにとのことです」

そう言って立ち上がった東子は、信政を促した。

信政が内房を見ると、

「よいから行きなさい」

残念そうに言う。

内房を残して廊下に出た信政は、前を歩く東子の、結われていない長い黒髪を改めて見て、ここは武家ではないのだと思うのだった。

板戸が閉められた部屋が続く長い廊下を歩んだ東子は、その中の一部屋に入った。

信政に上座を示して座るよう促し、向き合って正座すると、先ほどまでとは別人のように穏やかな顔で言う。

「年端《としは》もゆかぬ者をよこすとは、関白殿と一条殿には困ったものです。ですが信政殿、恐れることはありませぬ。この部屋で、弘親《ひろちか》殿からお声がかかるのを待ちなさい」

信政は焦りを覚え、訊かずにはいられなかった。

「帝にお目通りは叶いませぬか」

すると東子は、表情を厳しくした。

「まだそなたのことを信用したわけではありませぬ。帝から信頼を得られた後に、初めて叶うことです」

それほどまでに人を遠ざける帝というお方は、いったいどんな人なのか。

そう思う信政は、じっと見据えたままの東子に笑みを浮かべた。

「弘親殿は、おそばに仕えておられる方ですか」

「そうです」

「承知いたしました」

信政の笑みが安堵の顔に見えたのだろう。東子は表情を和らげ、右の襖を示して言う。

「わたくしはこちらの部屋をひとつ隔てた先にいますから、何かあれば声をかけてください」

「ありがとうございます」

頭を下げる信政に笑みを見せた東子は、自分の部屋に下がった。

待っても声はかからず、暇をもてあました信政は立ち上がり、障子を少し開けた。

幅が狭い庭を囲むように廊下があり、その先にある檜皮葺《ひわだぶ》きの建物は、正殿とまではいかぬが立派で、開けられた戸の奥に見えるのは、金箔《きんぱく》が使われた雅な襖絵。

その前を、一人の若者が横切った。

黒の狩衣と白い指貫《さしぬき》に立烏帽子《たてえぼし》の立ち姿は、父信平がたまに着けていた色合い。

懐かしく思いながら見ていると、若者は廊下を曲がり、こちらに向かってくるではないか。

信政は気付かれないようそっと障子を閉め、元いた場所に正座した。

足音が近づき、今閉めたばかりの障子が開けられる。

横を向いた信政は、色白の男がじっと見ているのに応じて膝を転じ、平伏した。

若者は入って障子を閉め、信政と向き合って座した。

「面を上げてください」

柔らかな声音は、公家ならではなのか。

言われるまま頭を上げた信政に、若者は笑みもなく言う。

「わたしは弘親と申します。今日からよしなに」

「信政です。こちらこそ、お願い申し上げます」

「歳は十四と聞いたがまことか」

「はい」

「わたしは二十歳だ。ある門跡《もんぜき》寺院で寺男をしていたが、縁あって帝にお仕えすることとなった。関白様の縁者といえども、ここではわたしに従ってもらう」

「はは、ご指導のほど、よろしくお願い申し上げます」

「ではさっそく、これを東子殿に渡してもらおう。それが終われば、先ほどわたしが歩いていた向かいの部屋に来なさい」

見ていたのを気付かれていた。

動揺した信政は、かしこまって書状を受け取った。

立ち去る弘親を見送り、廊下に出て東子の部屋に急いだ信政は、声をかけて入った。

「これをお預かりしました」

差し出す書状を受け取った東子が、くすりと笑った。

信政が驚いた顔を上げると、東子が笑みを浮かべたまま言う。

「どうやら、弘親殿に気に入られたようですね」

「どうして、お分かりに」

「この中には、帝が必要とされる物が書かれています。これまで誰とも口をきかれなかった弘親殿がそなたに託されたのが、その証」

話し声を聞いていたのだと理解した信政は、頭を下げて行こうとしたが、呼び止められた。

「一条殿から何を頼まれているか知りませぬが、くれぐれも、探りを入れるような真《ま》似《ね》はせぬように」

「承知しました」

顔に出さぬよう努めた信政は下がり、弘親に言われたとおり向かいの御殿に渡った。

襖絵が雅な部屋から弘親が出てくるのを見た信政は、足を速めて行く。

弘親は信政を見て顎を引き、付いてこいと言う。

信政より少し背が低い弘親は、姿勢がよく、足の運びが静かで気品を感じる。

山で修行に明け暮れていた信政ではあるが、母や善衛門から厳しく躾けられたおかげで、歩く姿は弘親に見劣りしない。

それでも信政は、顔立ちがよく、所作《しょさ》も美しい弘親に早くも憧れを抱きはじめており、先ほどの束子の言葉が嬉しかった。

立ち止まった弘親が振り向く。

目が合った信政は、慌てて伏せた。

「ここは帝が休まれる部屋だ。下々《しもじも》の者を遠ざけておられるから、掃除はわたしがしている。来て早々だが手伝ってもらうぞ」

布を渡された信政は笑顔で応じ、袖を上げて桶《おけ》の水で濡らして絞り、拭き掃除をはじめた。

価値の高そうな調度品を拭く手を休めた弘親が、信政の働きぶりに感心した。

「公家の者にしてはなかなかよい。まるで、日頃から掃除をしているように見えるが」

信政は内心、しまったと思った。関白の養子が、掃除に慣れているはずもないからだ。

「養子に入る前は、どこで暮らしていた」

案の定、弘親は探りを入れてきた。

信政は、顔を合わせぬよう手を動かしながら言う。

「関白様の別邸で生まれ育ちました。遠縁に当たる家の者ですが、身寄りのないわたしを哀れと気をおかけいただき、養子にしてくださったのです」

「では、いずれは公家に婿《むこ》入りするということか」

「先のことは存じませぬ」

「すまぬ。まだ十四の子供に訊くことではなかった」

話している時も手を休めなかった信政は、下ろされている御簾の奥で人影が動いたことに気付いて顔を上げた。

帝がいたのかもしれぬと思った信政の勘は冴《さ》えていた。

この時御簾から離れた帝は、肌艶のよい頬に笑みを浮かべ、奥の部屋に戻ってゆく。

掃除を褒められた信政は、道謙のおかげと感謝しつつ励み、夕方になってようやく終わった。

額の汗を拭う弘親を見ていると、信政に顔を向けてきた。

「疲れたか」

「いえ」

「今日はここまでだ。部屋に戻ってよい。食事は東子殿が運んでくれるから、ゆっくり休め」

「はは」

信政は狩衣の乱れを整えて頭を下げ、部屋に戻った。

程なく東子が食事の膳を持ってきてくれた。

恐縮して受け取った信政は、東子に訊く。

「帝のお食事は、弘親殿がお世話なされるのですか」

「そうですが、何か」

「お手伝いしなくてもよろしいのでしょうか」

「弘親殿のことは気にせずともよいのです。さ、冷めぬうちにお上がりなさい」

「では、いただきます」

手を合わせた信政は、一人寂しく一汁一菜の食事をいただき、それからは何をするでもなく過ごした。鞍馬山では、夜も山の中で剣術の修行をしていただけに、木刀も振れぬ今は暇でしょうがない。

夜も更けた頃に、自分で布団を出して敷き横になったものの、尿意を覚えて起き上がった。考えてみれば、宮中に入って一度も行っていない。

厠《かわや》の場所も聞いていなかったことに気付けば焦りが生じ、やけに行きたくなってきた。

東子に訊こうと部屋に行ってみるも、夜は女官が暮らす殿舎《でんしゃ》に戻るらしく姿がない。

御所を警衛する侍に問えばよいかと思いついた信政は、捜して廊下を歩んだ。昼間には敷地内のあちこちで目に付いていた警衛の者たちは、夜になると明かりも乏しく、どこにいるのか見えぬ。

御所の部屋も明かりがなく、初めて夜を過ごす信政は、帝が暮らす場所だというのに警固が手薄なことに驚いた。

警衛の者たちを捜して歩んでいた時、廊下の突き当たりに厠らしき場所を見つけて足を速めた。板戸を開けると、小窓から月明かりが入るそこは厠だった。

「助かった」

用を足して出た信政は、静かに戸を閉め、部屋に戻るべく廊下を歩んだ。

落ち着いて周囲を見回せば、月明かりに照らされた建物は静粛に包まれ、まったく人の営みを感じられぬ。

不気味とも思った信政は、背中がぞくっとして、鳥肌が立った腕をさすりながら廊下を急いだ。早く戻ろうと焦る信政は、自分の部屋に通じる渡り廊下をひとつ間違えたことに気付かず、別の建物に渡った。

同じような造りの建物だったことが、信政を迷わせたのだ。

疑いもしない信政は、廊下の角を曲がった部屋に戻ろうとしたのだが、水を使う音に気付いて足を止めた。

名も知らぬ庭木が視界を遮《さえぎ》っている向こうから、確かに水を使う音がする。

井戸でもあるのだろうと思い歩み寄り、枝葉のあいだから見ると、月明かりの下で、井戸端にしゃがんでいる人がいた。よく見れば、白い着物を着た弘親が、盥《たらい》に水を汲《く》んでいた。

手伝おうとした信政だったが、今いる場所が自分の部屋がある建物ではないことに気付き、叱られると思い出るのをやめた。

戻ろうとした信政は、水を汲み終えた弘親があたりを見たので慌てて身を伏せた。

枝葉のあいだから様子をうかがう信政がいることに気付かない弘親は、着物の袖に手を入れて両肩を外した。

月明かりで露になった肌を見てしまった信政は、絶句して目を見開き、その場を動けなくなった。

柔肌を布で清め、ひとつに束ねていた髪を解いて水で濡らしはじめた弘親。その長い髪から落ちるしずくが、信政には眩《まぶ》しく見えた。

見てはいけぬ物を見てしまった信政は、迂闊な己を叱咤《しった》し、同時に、一刻も早くこの場を去りたかった。

弘親が洗髪に気を取られている今しかないと思い行こうとした時、床板が鳴った。しまったと目をつむった信政は、そっと枝葉の向こうを探る。すると、立ち上がって胸を両手で隠した弘親が、こちらを凝視しているではないか。

微動だにできなくなった信政は、あやまるしかないと思った。

「すみません。見るつもりはなかったのです」

下を向いたまま立ち去ろうとした信政であったが、足音が近づいて腕を引かれた。

連れて入られた暗い部屋で身体を強直させて立つ信政の背後で、弘親は障子を閉めた。

「誰にも言わぬと約束して」

怯えた声に、信政は首を大きく縦に振って見せた。

「言いませぬ」

「こちらを向いて座って」

「はい」

恐る恐る振り向いた信政の前に、着物の襟を正す弘親がいる。顔は見えぬが、月明かりで青白い障子に、長い髪の細身が映える。

「いつから、あそこにいたのですか」

「見るつもりはなかったのです」

「わたくしが女だと、気付いていていたのですか」

「いえ、今の今、知りました」

「そう」

悲しそうな声に信政はきつく目を閉じた。

「すみません」

「あやまらなくていい。油断したわたくしが悪いのだから。座って」

「はい」

正座する信政の背後に回った弘親は、素性を隠すため刃物でも持ち出す気か。

緊張する信政の後ろで衣擦れの音がし、程なく、蠟燭に火を灯された。

信政の前に戻った弘親は、紫紺の袴と、無地の墨染め羽織を着けているが、濡れた髪はそのまま背中に垂らしていた。

正面に正座する弘親の顔は中高で、桜色の唇は厚く、眼差しは凜《りん》としている。

胸の鼓動が高まった信政は、下を向いた。

「わたくしのほんとうの名は、薫子《かおるこ》です。このことは誰にも言わないでください」

顔を上げることができない信政は、こくりとうなずき、膝に置いている自分の手を見ながら言う。

「帝は、ご存じなのですか」

「はい」

「東子殿は」

「ご存じありませぬ。わたくしの正体を知られたと分かれば、帝はそなたを容赦されませぬ。ですから今のことは、二人だけの秘密にしてください」

このとおりです、と、必死の声に驚いた信政が顔を上げると、薫子は拝むように両手を合わせていた。

その仕草が幼く見えた信政は、もっと知りたいという気持ちを抑えられなかった。

「二十歳というのは、偽りですね。ほんとうは、いくつですか」

「十五です」

ひとつ年上と知り、信政は薫子が身近に感じられてほっとした。

「承知しました。決して、誰にも言いませぬ」

拝む手をやっと解いた薫子は、安堵したような顔を上げて微笑んだ。

穏やかな顔を初めて見た信政はどきりとして、また下を向く。そして、やはり知りめたい気持ちを正直にぶつけた。

「一条様や関白様を帝が遠ざけられるのは、薫子様がおなごであることを隠されるためですか」

すぐに返事はなかった。

沈黙が気になった信政が顔を上げると、薫子は浮かぬ顔をしていた。

「すみません。余計なことを言いました」

「よいのです。信政殿がおっしゃるとおり、帝はわたくしのために、方々《かたがた》を遠ざけられました」

「そこまでして隠されるのは、何か深いわけがありそうですね」

薫子は即答した。

「わたくしはただ帝に招かれるまま御所に入り、今は弘親として生きています」

信政は、薫子が膝に置いている手を見た。重ねられている色白の手が、軽く袴をつかんでいる。

「薫子様のご両親は、このことをご存じなのですか」

「親はいませぬ。わたくしをお育てくださったお方が親代わりです」

「そうでしたか。いらぬことを訊きました」

「いえ」

薫子はうつむいた。

その寂しそうな顔を見て、これ以上何も訊けぬと思う信政は、沈黙の中で緊張した。ひとつ年上の謎めいた薫子に、憧れのような、自分でははっきり分からない感情が湧いたのを緊張と勘違いし、額から垂れた汗を手の甲で拭った。

剣の修行ではかいたことのない汗に戸惑うばかりの信政は、誰にも言いません、ともう一度約束し、足早に部屋から出た。

五

薫子のことが気になり一睡もできなかった信政は、部屋に正座して声がかかるのを待っているあいだに眠気に襲われ、うとうとしていた。

人が来る気配に目を開け、薫子ではないかと緊張して居住まいを正していると、東子が来た。

安堵する信政に、東子は不思議そうな顔をする。

「何です」

「いえ、何も」

「嘘をおっしゃい。今わたくしを見て、がっかりしましたね」

信政は目を見張った。

「そのようなことはありませぬ。気のせいです」

「気のせい……。まあよいでしょう」

東子は表情を和らげ、一条内房が待っていると告げた。

信政に代わって部屋に残る東子から、内房がいる場所を教えてもらった信政は急いだ。

向かったのは、紫宸殿《ししんでん》だ。

大切な行事の時にしか使われぬ正殿は、普段は人気がないため、内房は密談の場に選んだのだ。

閉ざされた正殿に入れるはずもなく、内房は、正殿の右側にある橘《たちばな》のそばに立っていた。

「お待たせしました」

声をかける信政に振り向くことなく、内房は言う。

「花はまだ咲きそうにないようだ」

橘のことだと理解した信政は、内房の倍はある樹木を見た。青々とした葉のあいだに、花の蕾が見える。

「帝のご様子は」

問われて信政は、狩衣を着ている内房の背中に答える。

「帝には、拝謁できておりませぬ」

「そうか。そばにいる男はどうじゃ」

「今のところ何も。怪しい影もありませぬ」

すると内房は振り向き、信政の目を見てきた。

「弘親は、下御門の手の者かもしれぬゆえ油断せぬように。と、これは法皇様のお言葉じゃ。これを聞いて、かの者に何か思い当たることはないか」

「ございませぬ」

即答する信政に、内房は二十三歳らしからぬ落ち着いた表情で微笑む。

「一日で分かれというのが無理な話か。まあよい、また来るゆえ、油断せぬように」

「承知しました」

胸のうちを悟られぬよう気をつける信政は、神妙に頭を下げた。

横目で見ながら帰っていく内房を見送り、信政は正殿を離れた。

このやりとりを聞いていた者がいたことにまったく気付けなかったのは、薫子のことを悟られぬよう意識を集中していた信政の未熟。

正殿の横手から現れ、戻る信政を目で追うのは、弘親が帝の寵愛を受けていると嫉妬する公家、錦条惟嗣《きんじょうこれつぐ》だった。

弘親の正体を知らぬ錦条は、内房と会っていた信政を初めて見る。

「何者じゃ」

そう独りごち、正体を突き止めるべく後を追った。

帝が暮らす御所に行く信政を、二十三歳の顔に狡猾さを浮かべて歩んでいた錦条は、部屋から出てきた東子に見られぬよう、廊下の角に身を隠した。

東子は信政を部屋の中に入れ、自分の居場所に戻ってゆく。

「一条め、年端もゆかぬ者をそばに付けて探っておるか」

東子の様子からそう見て取った錦条は、鼻先で笑って帰ろうとしたのだが、信政の部屋の前に現れた弘親を見て、表情を一変させた。

信政を連れて廊下を歩む弘親に嫉妬の眼差しを向けた錦条は、

「追い出してやる」

憎々しげに吐き捨て、その場から足早に去った。

そうとは知らぬ信政は、前を歩む弘親ならぬ薫子の背中を見つめていた。

内房はこの先も、薫子のことを訊いてくるはず。か細い背中から眼差しを転じて庭を見つつ、どう答えるべきか考えながら歩いている時、急に薫子が立ち止まったのでぶつかってしまった。

はっとして離れた信政は片膝をついた。

「申しわけありませぬ」

薫子は動揺した目を合わせようとせず、首を横に振る。

「今日も部屋の掃除だ」

男言葉で言い、中に入った。

追って入った信政は、昨日と同じ部屋の掃除にかかった。

薫子は終始無言で、信政を見ようとしない。

裸を見てしまったことを怒っているに違いないと思う信政は、申しわけない気持ちと後悔の念により、かける言葉も見つからない。

「今日は二人とも、静かであるな」

その声に驚いて顔を向けると、下げられた御簾の奥に人影が現れた。

薫子が信政に言う。

「帝にごあいさつを」

驚いた信政は、薫子に倣《なら》って正座し、平伏した。

「御上《おかみ》のご尊顔を拝し、恐悦至極《きようえつしごく》に存じまする」

「そなたが信政か」

「はい」

「十四の若者にとって、御所の暮らしは窮屈であろう」

「いえ、そのようなことはございませぬ」

「そうか。弘親、あまり無理をさせぬように」

「承知いたしました」

「信政、朕《ちん》は弘親と話がある。下がってよい」

「はは」

立ち上がって後ずさりした信政は、廊下で向きを変えて自室に戻った。戸を閉めてその場に立ちすくみ、

「帝から、お声をかけられた」

信じられぬ信政は、高鳴る胸を落ち着かせるために大きな息を吐き、父と母に報告の手紙を送りたいと思うのだった。

薫子との秘密さえ守っていれば、宮中の暮らしは穏やかに終わるはずだと、信政は信じて疑わなかった。

ところが翌朝、御所はにわかに騒がしくなった。

信政が支度を終えた頃に禁裏付《きんりづき》の舘川肥後守《たちかわひごのかみ》が配下を連れて現れ、東子が止めるのも聞かずに奥まで入ってきたのだ。

「弘親殿の部屋に案内いたせ」

庭を陣取った舘川が、東子に厳しく告げた。

東子は戸惑いを隠せぬ様子で言う。

「いきなり無礼でありましょう。弘親殿がどうしたとおっしゃるのですか」

「弘親が下御門の手の者だという投げ文があったので調べる。隠し立てすると、そなたも引っ張ることとなる。早う案内せい」

舘川の剣幕に怯んだ東子は、障子を開けて出ようとした信政に中にいなさいと言い、薫子の部屋に向かった。

後に続く舘川が、信政を一瞥して、難しそうな顔を前に向けて歩んでいく。

続く同心や小者が通り過ぎた後で廊下に出た信政は、薫子を心配して付いていく。

禁裏付は、宮中の警衛と、帝の日常生活を支える者たちを監督する徳川幕府の要職。

よって禁裏付のお調べは、帝しか止めることはできぬ。

程なく薫子の部屋の前に行くと、騒ぎを知った薫子が障子を開けて出てきた。

舘川は配下の同心に命じて薫子を庭に下ろさせ、地べたに座らせた。指差して言う。

「そのほうが下御門と繋がっておるか、これより調べる。部屋を荒らされる前に、証があるなら今この場で正直に申せ。探す手間が省ける」

薫子は女とばれぬよう、声音低く答えた。

「身に覚えのないことです」

毅然《きぜん》とした態度に、舘川は真顔で言う。

「者ども、部屋を調べよ」

応じた同心と小者が、薫子の部屋に向かった。

その様子を見ていた信政は、女物の品が出ないか心配し、このままではまずいと思いそっと離れた。帝に知らせなければ、薫子が女であることが明るみに出ると案じたのだ。

薫子の部屋を調べる者たちは、書物でさえ中を確かめ、持ち物を細かに見ている。

そんな中、箪笥《たんす》を調べていた小者が声をあげた。

「密書がありました」

上げた手には、小さな紙がつかまれている。

「持ってこい」

舘川に言われて庭に戻った小者が差し出す。

開いて見た舘川は、驚愕し、薫子を睨みつつ紙を向ける。

「これはなんだ」

薫子は目を見張った。帝の暗殺を命じる文言が書かれていたのだ。

「知りませせぬ。そのような文は、今初めて見ました」

「言い逃れするなら、拷問をして白状させるまでだ。この者を連れて行け」

応じた小者が、薫子に縄を打とうとしたところへ、帝が来た。

気付いた舘川が驚き、皆に大声をあげる。

「帝のお出ましだ。控えよ！」

一同が慌てて地べたに平伏した。

廊下で片膝をついた信政は、御簾越しではなく間近に見る帝の若さに驚いた気持ちが、まだ収まっていない。

言う。

二十一歳の帝は、そんな信政に薄い笑みを向けて前に立ち、庭にいる舘川に真顔で言う。

「その者が朕の命を奪うことなど断じてない。いかに肥後守とて、弘親を連れてゆくことは許さぬ。下がれ」

強く言われて舘川は戸惑うも、

「おそれながら申し上げます。我らは帝のお命をお守りする役目柄、この密書を隠していた者を見逃すわけにはまいりませぬ」

そう言って引き下がらない。

薫子が帝に言う。

「わたしには身に覚えのないことです」

「分かっている」

帝は微笑み、舘川に言う。

「肥後守、弘親は朕が信頼する者である。重ねて申すが、朕の命を狙うことなどあり得ぬ。疑うべきは密書を見つけた者ではないか」

舘川が、背後で平伏している同心に言う。

「密書を見つけた者をこれへ」

「はは」

顔を上げた同心が、小者を促した。

前に出た小者に舘川が問う。

「どうなのだ。正直に申せ」

小者は平伏して言う。

「密書は、確かに箪笥の奥に隠されておりました」

帝が舘川に言う。

「朕が申すことを信じず小者に問いなおすとは、悲しいことよ」

舘川は恐縮し、同心に命じて小者を取り押さえさせた。

小者は恐れた顔を舘川に向け、必死に言う。

「何も細工はしておりませぬ。確かに箪笥の中で見つけたのです」

舘川は密書を小者に突き出した。

「しかし妙だとは思わぬか。弘親殿が刺客ならば、このような証を残しておろうか」

小者は目を見開き、無実を訴えた。

だが舘川は聞かず、頬を平手打ちした。

「帝が違うとおっしゃったのだ。誰の差し金か正直に白状すれば、そのほうの命は助ける。

小者は無実を訴え続けている。

舘川が拷問すると脅すと、小者は絶望の面持ちをしていたが、同心が連れて行こうとすると急に顔を真っ赤にして抗い、舌を噛んだ。

それを見た舘川は、身体をびくりとさせて叫ぶ。

「禁裏を血で汚してはならぬ！　運び出せ！」

慌てた同心が、血を流す小者の口を手で塞ぎ、舘川が脱いで投げ渡した羽織を頭から被《かぶ》せ、帝に見えぬよう隠した。

六人がかりで運び出される小者を目で追った舘川が、帝に平身低頭して詫びる。

「わたしが間違っておりました。いかなる罰も甘んじて受けまする」

帝は言う。

「以後、何があろうとも弘親を疑わぬと誓うなら、非礼を江戸に伝えぬ」

「はは。お慈悲を胸に刻み、二度とこのようなことがないようにいたします」

「下がれ」

舘川は、配下と共に頭を下げたまま帝の前から引き、庭より出ていった。

東子も下がらせた帝が、自ら庭に下りようとしたのだが、薫子はいけませぬと言い、その場で平伏した。

廊下にとどまった帝は、信政に言う。

「そなたのおかげで、弘親を連れて行かれずにすんだ。礼を言う」

信政はどう声を返したらよいか分からず、首を横に振って下を向いた。

「下がって休め」

「はい」

信政は、薫子が気になったが見てはいけぬと思い、帝に頭を下げて立ち去った。

見送った帝が、薫子に何か言ったようだが、信政には聞こえなかった。

六

翌日、信政は内房から呼び出され、前回と同じ場所に向かった。

正殿の前にある橘に行くと、そこに内房はいなかった。

「ここだ」

声がするほうを見ると、橘と正殿のあいだに、黒い狩衣の袖が見えた。

駆け寄った信政に、内房は周囲を見つつ言う。

「昨日の騒ぎは聞いた。自害した禁裏付の小者は、病の妹に買う薬の金ほしさに、誰かの言いなりになっていたことが分かったらしい」

「よくご存じですね」

疑う目をする信政に、内房は驚いた。

「仕向けたのはわたしではない。今申したのは禁裏付の者から聞いたことだ」

「失礼しました」

内房は、頭を下げる信政に不服そうな目を向け、吐き捨てるように言う。

「どなたですか」

「確かにわたしは弘親をよく思うていないが、妬んでいる者は他にも大勢いる」

「名を言えるほど、確かなことを知っているわけではない。思い当たる者が多すぎるのだ。それより、帝にお出ましいただいたのは、そなたらしいな」

「はい」

「帝はどのようなご様子だった」

「ご健勝です」

「それは分かった。知りたいのは、弘親に対するご様子だ」

昨日までは、人を遠ざけるのは薫子の正体を知られぬためと思っていた信政は、一晩のうちに考えが変わっていた。知られることを恐れるなら、自分を薫子に近づけさせないはずだと思うからだ。

信政は逆に問う。

「帝はいったい、何から弘親様を守ろうとしておられるのでしょうか」

内房は、驚いた顔をした。目を下げる面持ちには戸惑いが浮いており、しばし考えた後に口を開いた。

「法皇様も、同じことをおっしゃっていた。我ら側近も帝のご心底《しんてい》が分からぬゆえ、そなたに訊いたのだ。帝は、弘親にどのように接してらっしゃる」

「禁裏付に対されるご様子から、強いお気持ちを感じました」

「それだけか」

「申しわけございませぬ」

「まあよい。帝のご様子が分かっただけでも、そなたを選ばれた法皇の思惑どおりとなった。今そなたが申したことは、そのまま法皇にお伝えする。役目はこれまでじゃ。戻って知らせを待つがよい」

手で行けと促された信政は、頭を下げてその場を離れ、自分の部屋に戻った。

法皇の名で文が届いたのは、その日の夜だった。

小柄《こづか》で封を開けて見ると、師、道謙からだった。

明日の夜明けに裏門まで迎えにゆく。誰にも告げず出てくるように——

宮中を出られるのは嬉しいはずだが、薫子のことが心配で、気分が晴れない。

それでも信政は、明日に備えて横になった。目をつむって眠ろうとしたが、薫子には別れを言いたくなり、起き上がった。

そっと外の様子を探り、廊下に出て薫子の部屋に向かった。すると、庭を横切る人影があり、その曲者は、薫子の部屋がある建物に忍び込んだ。

薫子が狙われている。

咄嗟《とっさ》に思った信政は、廊下を走った。

部屋の障子を開けると、曲者が薫子に馬乗りになり、首を絞めていた。

「何をする！」

叫んだ信政は、曲者に飛びかかった。

抗う曲者は、信政を突き飛ばして逃げようとした。だが信政は廊下を回って前を塞ぎ、手刀を構えて対峙する。

曲者は背を向けて逃げた。

追った信政は、相手の背中に飛び付いて首に腕を巻き付け、力を込めた。

腕を解こうともがいた曲者は、やがて気を失った。

身体を押さえた信政は、曲者の帯を解いて後ろ手に縛っておき、咳《せ》き込んでいる薫子に駆け寄った。

「お怪我は」

背中をさすりながら言うと、薫子はうなずいて見せた。

大きな息をした薫子は、辛そうに言う。

「もう大丈夫です。それより、人が来ます」

着物を整え、乱れた長い髪をくくって立烏帽子で隠す薫子に、信政が問う。

「女だと知られたのですか」

薫子は、整えたばかりの着物の前を開けて見せた。白いさらしが巻かれている。

「気付かれていないはずです」

「よかった」

安堵した信政は、畳んで置いてある羽織を取って渡した。

騒ぎを聞いた警衛が駆け付けてきた。

信政は廊下に出て子細を告げ、曲者を引き渡した。

曲者の顔を松明《たいまつ》で照らした警衛の士が、驚いた声をあげる。

「おぬしは……」

「ご存じの者ですか」

声音を低くして問う薫子に、警衛の士が言う。

「この者は、錦条惟嗣殿の家来です」

すると薫子は、ため息をついた。

「では今日のことも、あのお方の仕業でしょうか」

「これよりこの者を締め上げてみます。念のため警固の者を残しますから、ご安心ください」

「おそれいります」

曲者を担いで下がる警衛たちを目で追った薫子は、静かになったところで、信政に頭を下げた。

「この恩は、忘れませぬ」

「よいのです。首は、痛みませぬか」

心配する信政に、薫子は微笑んでうなずいた。

「どうして、お命を狙われるのですか。錦条とは、何者です」

「お会いしたこともなく存じませぬが、わたくしのせいで帝から遠ざけられたと、恨みに思われたのかもしれませぬ」

「今朝のことといい、今といい、まともな人ではないように思えます」

「そなた様なら、もっとうまくやると」

見つめられて、信政は目を見張った。

「何をおっしゃいます」

薫子は、ふとそう思っただけだと笑い、すぐ真顔になって言う。

「曲者を捕らえたそなた様は、別人のようでした。爪を、隠していたのですね」

顔が熱くなった信政は、ここを出ることを打ち明けようとしたが、笑みを消した薫子が一瞬だけ浮かべた不安そうな表情を見て、言葉に詰まった。

薫子がふたたび笑みを浮かべて言う。

「明日がありますから、戻ってお休みなさい」

「はい」

言えぬまま部屋に戻った信政は、寝床で大の字になった。天井を見つめながら、師匠には逆らえぬと自分に言い聞かせ、目をつむって横向きになる。

薫子の不安そうな顔が頭から離れず、心配で一睡もできなかった信政は、外が白みはじめた頃には、帝がお守りくださるはずだと思うようになっていた。

師匠を待たせてはいけぬと起き上がり、身支度をして部屋を抜け出し、裏門に向かった。

警衛の者は、昨夜のことがあったせいか、信政を見ても止めなかった。法皇の名が入った文を見せる必要がなくなり、あっさり裏門に到着すると、門番は話を聞いていたらしく、戸を開けてくれた。

お辞儀をして外へ出ると、町駕籠に乗った道謙が待っていた。

駆け寄って頭を下げた信政に、道謙が渋い顔で言う。

「ご苦労だった。詳しいことは、山に戻って聞かせてくれ」

駕籠に寄り添って鞍馬山へ歩みを進めた信政は、禁裏御所に振り向いた。

もう二度と、薫子に会うことはないのだと思うと寂しくなるのはなぜだろう。

自分の気持ちが分からぬ信政は、前を向いて歩んだ。

公家の屋敷が並ぶ通りに出た頃に、朝日が射してきた。背後から呼び止める声がしたように聞こえた信政が振り向くと、二人の侍が走ってきていた。

「師匠、どなたか呼ばれています」

駕籠に乗って目をつむっていた道謙は、無言で手を上げた。

駕籠かきが応じて止まり、信政は侍を待った。

走ってくる侍は、よく見れば舘川だった。もう一人は、先日御所に来ていた同心と同じ身なりをしているところを見ると、配下なのだろう。

「禁裏付の舘川殿です」

信政は道謙に教え、舘川に頭を下げた。

駕籠に乗ったままの道謙に頭を下げた舘川が、神妙な面持ちで言う。

「信政殿をこのまま帝のおそばに置いていただきたく、馳せ参じました」

道謙は厳しい目を向けた。

「わしらが帰ることを、どうして知っておる」

「先ほど、法皇から聞きました」

道謙は舌打ちをした。

「あれほど口止めをしたと申すに」

舘川は片膝をつき、改めて願う。

「どうか、お戻りください」

「何ゆえ、信政を頼るのじゃ」

「ここでは申せませぬ。どうか、我らとお戻りください」

「わしはこれの父に、危ない目に遭わさぬと約束しておる。刺客が現れるような場所にはおけぬ」

すると舘川は、信政を一瞥し、道謙に言う。

「父君も事情を知られれば、きっとお許しくださるはずです」

道謙は、舘川に探る目を向けた。

「それ以上ここで申すな」

そう言って駕籠から降り、酒手《さかて》をはずんで帰らせた道謙は、信政にゆくぞと言い、舘川に案内させた。

向かったのは、宮中にある禁裏付の詰め所。

人払いをした舘川は、道謙を上座に促し、同心と二人で下座に正座した。

道謙が問う。

「そなたは、信政の父のことを法皇から聞いたのか」

「いえ、この者から聞きました」

信政は、答えた舘川の横に座している同心を見た。

道謙が問う前に、同心は信政を見て言う。

「赤坂の御屋敷で、何度かお見かけしております。それがしは元公儀目付役の茂木大善です」

信政は驚いた。

「確かに、お目にかかったことがあります」

「思い出されましたか」

笑った茂木は、道謙に真顔を向けて頭を下げた。

「改めてお願い申し上げます。このまま信政殿を、帝のそばにお残しください」

道謙は渋い顔をした。

「わしは信平に、危ない目に遭わさぬと約束しておるゆえ応じられぬ。信政、帰るぞ」

立ち上がる道謙に、信政は両手をついた。

「わたしは残りとうございます」

「ならぬ。さ、立て」

だが信政は、言うことを聞かなかった。

「せめて、舘川殿のお話を聞かせてください」

「聞いてなんとする」

「弘親殿が心配なのです。それ以外の理由ならば、鞍馬に帰ります」

「その弘親と申すは、何者じゃ」

「帝のおそばに仕えておられます」

「なるほど、おそばにの」

道謙は厳しい目を信政に向けていたが、ふっと笑い、あぐらをかいた。

「血は争えぬ。そういうところは、信平によう似ておる」

頭を下げる信政から眼差しを転じた道謙は、舘川と茂木を順に見つめ、話すよう促した。

茂木が居住まいを正して言う。

「これから申し上げることは、我らの憶測にすぎませぬ」

「構わぬ」

「帝が側近を遠ざけられてまで弘親殿をおそばに置かれるのは、下御門の魔の手から守るためではないかと考えております。信政殿には、帝のご真意を確かめてほしいのです」

すると道謙が、表情を一層険しくした。

「そなたらは、弘親を何者と見ておるのじゃ」

茂木が真顔で答える。

「先帝後西上皇《ごさいじょうこう》のお子ではないかと、疑うております」

「何、上皇の子じゃと」

「はい」

難しい顔をして黙り込む道謙に、茂木が言う。

「お心当たりが、おありのご様子」

「しかし、わしが知るお子は皆、それぞれの道に進まれておる。他に子がおるとは考えられぬ」

「それが、いるのです」

信政は気になり、茂木に問う。

「そのお子を、下御門が何ゆえ狙うのですか」

「下御門実光の実の娘が、上皇とのあいだに産んだお子だからです」

信政は動揺するも、顔に出ぬよう意識を転じて道謙に問う。

「師匠は、ご存じなかったのですか」

信政を見た道謙が、渋い顔でうなずく。そして、茂木に問う。

「下御門に縁のある上皇の子がおることは、確かなのか」

「はい。下御門実光の娘は、出産後間もなく他界しておりますが、生まれた子は、当時下御門が朝廷から遠ざけられていたこともあり、密かに奈良《なら》の西十 条院《にしじゅうじょういん》に預けられておりました」

「わしは宮中を離れておったゆえ、知りもしなかった。このことを、今の宮中で誰が知っておるのか」

「我らの他にはいないはずです」

「何、法皇と上皇もご存じないのか」

「はい。当時の朝廷と禁裏付の計らいで、下御門の娘の死に乗じて、生まれたお子も死んだことになっております」

「それは、何年前のことじゃ」

「十四年です」

道謙は納得した。

「その頃は、朝廷に近づく陸奥藩との繋がりを公儀に突き止められた下御門は、京から追放されておったな」

「はい」

「それゆえ、娘が産んだ子のことも隠したのか」

「先人から、そのように受け継いでおります」

かしこまって答えた茂木に、道謙が問う。

「何ゆえ、弘親がそのお子だと疑う」

「先日、お子が預けられていた西十条院が何者かに焼き討ちされ、焼け跡からは、住持と思しき者と、もう一人の遺体が見つかりました。弘親殿が御所に入っておりますが、寺に暮らしていたのは三人。一人足りぬのですが、寺が襲われる前日に、弘親殿が御所に入っております。これは偶然でしょうか。我らは、帝がなんらかの形で下御門の孫の存在を知られたのではないかと考えております」

問われて、道謙は腕組みをした。

「確かに、人を遠ざけておられるゆえ疑うのはもっともじゃが……」

信政が口を挟んで茂木に問う。

「そのお方は、男ですか、女ですか」

茂木が信政を見て言う。

「そこがどういうわけか、記録されておりませぬ」

「そう、ですか」

下を向く信政を見た道謙が、茂木に言う。

「それを信政に探れと申すは、ちと難しくはないか。せめて、目印となる物があればよいが」

茂木は平身低頭して願う。

「無理を承知でお願いしたいのです。禁裏付の舘川殿をもってしても帝の真意は分からず、昨日は、錦条殿の騒ぎで弘親殿を調べるまたとない機を得ましたが、阻止されました」

強引に連れて行こうとしていたのは、そういうことだったのだと分かった信政は、帝を呼んだのが悪いように言われた気がして恐縮した。

信政は舘川に問う。

「錦条殿は、どうして弘親殿を襲わせたのですか」

「嫉妬だそうだ。寵愛を失ったのは弘親殿のせいだと逆恨みして、この世から消えればいいと思ったらしい」

「罰を受けられますか」

「帝が激怒され、京から追放せよとおっしゃったゆえ、明日沙汰をくだすことになっている」

薫子はこれで狙われずにすむと思う信政は安堵した。

そんな信政の胸のうちを見抜いているのか、道謙が言う。

「信政、できるか」

信政は、弘親は実は女だと言おうとしたが、秘密にしてくれと懇願する薫子の顔が目に浮かび、道謙に膝を転じて頭を下げた。

「お役目、承りました」

第四話　呪縛の剣士

一

このような仕儀となり、すまぬ――

道謙の文で信政が禁裏御所で仕えることを知った信平は、松姫に教えるか悩んだ。心配をさせたくない。だが、黙っていて後で知れば、松姫は傷つくはず。

やはり教えるべきと思う信平は、奥御殿に向かった。

廊下で出会った侍女の竹島糸《たけしまいと》が、場を空けて頭を下げる。黙って通り過ぎようとした信平に、声をかけてきた。

「何かご心配事ですか」

信平は足を止め、糸を見た。手を帯の前で重ね、顔をうつむけて答えを待っている。

「顔に描いてあったか」

「はい」

信平は微笑んだ。

「糸には敵《かな》わぬ。松と共に聞くがよい」

神妙に応じる糸を連れて奥御殿に渡った信平は、松姫の部屋に入った。

松姫はこの頃、信政の無事を祈り写経をするのが朝の日課になっている。

普段は邪魔をしない信平が来たことで、筆を置いた松姫は不安そうな顔をした。

上座を譲ろうとする松姫を止めた信平は、横に座して言う。

「道謙様から文が届いた。此度信政は、禁裏付に請われて帝のおそばに仕えることとなった」

糸が驚きの声をあげ、すぐに、取り乱したことを詫びた。

信平の目を見ていた松姫が、落ち着いた様子で訊く。

「帝のおそばに仕えるのは喜ぶべきなのでしょうが、信政はまだ十四です。何ゆえ禁裏付から、お声がかかったのですか」

「子細はこれに書かれている」

信平から渡された道謙の文に目を通した松姫は、信政が下御門実光の一件に関わるかもしれぬと知り動揺した。

胸に手を当てて息を荒くする松姫の様子に、糸が驚いた。

「奥方様、胸が苦しいのですか」

信平が松姫に手を差し伸べるのを見た糸は、遠慮して近づかなかった。

肩を抱き寄せた信平は、糸に言う。

「医者を呼んでくれ」

「大丈夫です」

「無理をせず横になれ」

松姫は首を横に振り、信平と向き合って座りなおした。

「思うてもいなかったことに驚いただけです。道謙様の教えを受けた信政ならば、きっと、役目を果たしましょう。わたくしが弱気になっては、あの世の父上が悲しまれますから、これからも写経をして、信政の無事を祈ります」

気丈にも笑みを見せる松姫に、信平は、やはり話してよかったと思うのだった。

そこへ来た善衛門が、廊下から声をかけてきた。

「殿、城から使者がまいり、すぐ登城するようにとのことです」

「分かった」

信政のことだろうと松姫に告げた信平は、立とうとするのを止めて廊下に出た。そして、見送る糸に松を頼むと言い、表御殿に歩みを進めた。

廊下で待っていた善衛門が問う。

「奥方様は、いかがですか」

「驚いていたが、信政は役目を果たすと申していた」

「それはようございました。禁裏付もさることながら、道謙様が付いておられますから、心配ありませぬぞ」

「うむ」


急ぎ支度をすませて登城した信平は、本丸御殿の黒書院で将軍家綱に拝謁した。

大老酒井雅楽頭をはじめ老中たちが同座する中、家綱は直々に声をかけた。

「信政のことは、禁裏付の舘川から知らせを受けた。そなたにも、知らせがきているか」

信平は、上段の間に座している家綱に頭を上げた。白地に銀の波模様が美しい羽織を着けている家綱は、信政を案じてくれる面持ちをしている。

恐縮した信平は、羽織に金糸で刺繍《ししゅう》された葵の御紋を見つめて言う。

「我が師、道謙様から文が届きました」

「さようか。心配だろうが、改めて余からも頼む」

「はは」

続いて、宮中に明るい大老酒井雅楽頭が口を開いた。

「銭才が下御門実光であるかは、未だつかめておらぬ。だが、一味が奈良に潜伏しているという情報を得た。かの者が何ゆえ奈良におるのかまではっきりせぬが、気になることがひとつある」

信平は、右手側に座している酒井を見た。

黙って聞く顔を向ける信平に、酒井は厳しい面持ちで続ける。

「銭才の手の者が皇軍などと申したとそなたから聞いた時から、我らは、覇気に富む帝を下御門がそそのかし、徳川討伐の詔《ちょく》を得ようとしているのだと睨み探らせていたのだ。ところが、どうもその動きが見られぬ。道謙様は、我らの憂いに繋がるようなことを文に書かれていたか」

「下御門については、禁裏付から耳にされておられますゆえ、ご存じかと。しかし、息子には下御門のことではなく、帝がご寵愛なさる若者の正体を探らせると書かれておりました」

酒井がうなずく。

「その若者のことは、舘川も書いていた」

家綱が信平に言う。

「さすがの道謙様も、京の魑魅《すだま》と言われた下御門のたくらみを見抜けられぬか。宮中で大事が起きなければよいが」

憂いを洩らす家綱に、信平は神妙に言う。

「道謙様が仙洞御所におられる限り、宮中は心配ないかと存じます。下御門の一味が潜む奈良への対応は、いかがされていますか」

「そなたは案じずともよい」

家綱にそう言われた信平は、陸奥を鎮めた赤蝮が動いているのだと察し、以後は言葉を控えた。

家綱がさらに言う。

「信政のことが心配であろうが、今そなたが上洛すれば、下御門の手の者が身を潜める恐れがある。ここは、辛抱してくれ」

「心得ました」

「このような時に、屋敷でじっとしておるのは辛かろう。本理院様から受け継いだ領地へおもむき、民を安心させてやるがよい」

「はは」

「いつ発つ予定だった」

「明後日《あさって》に発つつもりでした」

「うむ。ではそのままゆくがよい。今日は大儀であった」

信平は、気遣ってくれる家綱の優しさに謝意を表し、本丸を辞した。そして本理院を見舞うべく、その足で吹上に渡った。

付き人の案内で寝所に行くと、本理院は起きて座り、薬湯を飲んでいた。侍女を下がらせて向き合う顔色のよさに、信平は安堵して頭を下げる。

「本理院様、突然上がりましたことをお許しください」

「水臭いことを言うものではありませぬ。いつでも顔を見せてください」

信平は頭を上げ、穏やかな面持ちで言う。

「床上げが近いようですね」

本理院は微笑んだ。

「そう見えますか」

「はい」

「では、薬をいやがってはいけませぬね。ほっほっほ」

残りをいただくと言う本理院に応じた侍女が、器を差し出した。

苦いのを堪えて飲み干し、懐紙で口を拭う本理院が落ち着いたところで、信平は話を切り出した。

「明後日に、いただいた領地へまいります」

「そうですか。代官も喜びましょう」

「本理院様のご期待に添えるよう励みます」

「そなたのことですから、心配はしておりませぬ。領民のことを、くれぐれも頼みます」

「はは」

「長く行っているのですか」

「いえ、ひと月ほどの予定です」

「それでも、信政もおらぬのですから、松殿は寂しいことでしょう」

信平が返答をせず目を伏せていると、本理院が言う。

「わたくしは近頃気分がよいから、話し相手をしてくれるよう伝えてください」

「松も喜ぶと思います。しかしながら、ご無理はなされませぬように」

「はいはい」

明るく返事をする本理院に、信平は笑顔で言う。

「領地の名物などを求めてまいりますから、楽しみにしていてください。本日は、宇治から届いた新茶を持参しました」

侍女が、信平から渡されていた包みを本理院の前に置き、開いて見せた。

袋を手に取った本理院は、嬉しそうな顔を信平に向ける。

「いい香りがしています。後で楽しみにいただきましょう」

「では、ご無礼いたします」

信平は、長居は身体に障ると思い頭を下げた。

「信平……」

先を言わぬのを不思議に思った信平は、頭を上げた。まじまじと見つめる本理院に、いかがされましたか、という顔をすると、本理院は優しい面持ちで言う。

「忙しいはずでしょうに顔を見せてくれて、ありがとう」

「いえ」

「道中、くれぐれも気をつけて」

「ひと月後にお目にかかる時は、庭などを散策いたしましょう」

床上げを信じる信平は、そう約束して、本理院の前から下がった。

見送った本理院は、信平が届けてくれた茶の袋を見つめ、

「ほんに、優しい弟よ」

そう言って、寂しそうな微笑みを浮かべた。

二

善衛門とお初を留守居役として残した信平は、佐吉と鈴蔵、そして、代官所に赴任する東畠直義をはじめ、新たに家来となった小暮一京と山波新十郎を従えて江戸を出発した。

桶川《おけがわ》、本庄《ほんじょう》の宿場を経て領地に入った信平は、村を見て回り、皐月《さつき》の二十五日に、代官所がある木部村《きべむら》に到着した。

吉井村など、本理院の領地を守っていたのは藤木《ふじき》一族だ。

齢七十五の初代義定《よしさだ》はすでに隠居の身。

跡を継いでいるのは、今年三十歳になった孫の義周《よしちか》だ。

初代義定は、三代将軍家光の命で本理院の領地をまかされた元旗本で、この地へおもむく前は、番方として江戸の町を守る立場にあった。

本理院の実弟である信平と初めて会う義定は、目に涙まで浮かべて手厚く迎え、孫の義周もまた、

「お噂は、この田舎にも届いておりました」

数多の悪を相手に奮闘してきた本人を前に、目を輝かせて迎えた。

かくいう義周自身も聡明な男で、正義感あふれ、民のために励んでいる。そう本理院から聞いていた信平は、平伏する二人に面を上げさせ、頼りにしている旨を告げた。

義周は謙遜しつつも、信平の言葉を喜び、命を賭《と》し役目に励むことを誓い、初対面のあいさつは一段落した。

代官所は、さすがに三代将軍の正室である本理院の役所だけに、建物は大きく、造りは堅牢《けんろう》だ。

信平が逗留《とうりゅう》する部屋は上下の間を合わせて三十二畳もあり、本理院の名代《みょうだい》が来た時

のみ使われていただけで、普段は開かずの間だという。

松竹梅が透かし彫りされた見事な欄間《らんま》は、新しい物のように見えた。

藺草《いぐさ》の香りがする畳も、信平が来ると知って新しくしたようだ。

信平は言う。

「麿一人では広すぎるほどじゃ。皆、共にここを使うがよい」

従う家来たちを同じ部屋に寝泊まりさせるという信平に、義周は面食らった様子だ。

義定はかっかと笑い、義周に言う。

「わしが言うたとおりであったろう。我が殿は、想像したとおりの御仁じゃ」

まるで賭けにでも勝ったように喜ぶ義定は、改まって言う。

「本理院様からいただいた文にて、殿の人となりを想うておりました。殿にお仕えできる義周めが、羨ましゅうございます」

すると義周が、信平に平身低頭した。

「何とぞ、下御門実光との戦いにそれがしも加えてください」

いきなりのことに、信平は義定を見た。

義定が真顔で言う。

「無礼をお許しください。殿が本理院様から領地を引き継がれたと知った日から、共に戦いたいと願い、日々鍛錬を重ねておりました。弓を取らせれば、きっとお役に立てましょう」

信平は、頭を上げぬ義周に言う。

「気持ちはありがたいが、麿は今、下御門の一件に関わっておらぬ。ゆえに、上様より領地へ来ることを許されたのだ」

「そうでありましたか」

がっかりしたように言う義周は、膝に両手を戻し、信平と目を合わせた。

「しかしながら、殿ほどのお方をこのままにしておかれるはずはありませぬ。その時は、是非ともお供をさせてください。弓を取って馳せ参じまする」

「頼もしく思うぞ」

「そうおっしゃっていただき、祝着至極に存じます」

張り切る義周に、楽にするように伝える信平の穏やかな口調が、代官所の役人たちの緊張をほぐし、場の空気を和ませた。

肩の力を抜いた義周に、信平が問う。

「領地には、ここと同じような建物があったが、それはどうしてか」

すると義周が目を見張った。

「すでに、領内を回られたのですか」

「一部のみじゃが、目についたので問うたまで」

神妙な顔をした義周に代わって、義定が言う。

「十年前のことは、ご存じですか」

信平は首を横に振った。

「村を襲われた件は本理院様からうかがったが、詳しいことまでは聞いておらぬ」

「では、お話ししましょう。今年の秋で十年目になります」

義定が語ったのは、牡丹村を襲った悲劇だ。

米の収穫を終えたばかりの牡丹村を数十人の盗賊が襲い、女子供も容赦なく、酷い殺されかたをしたという。

一家全滅させられた家がほとんどで、村は消滅していた。

当時代官だった義周の父義隆《よしたか》は、牡丹村からの急報に応じて駆け付け、村人を守ろうとして命を落としていた。

息子のことを語る義定は、袴をにぎり締めて悔し涙を流した。

「倅は、それがしが厳しく育て、剣技に優れておりました。牡丹村を大事にしていた義隆は、村の若者を集めて剣術と学問を学ばせており、有望な若者も大勢いたのです。さりながら、賊の中に倅より遥《はる》かに勝る剣客がいたらしく、力及ばず命を落としてしまったのです」

信平は胸を痛めた。

佐吉や鈴蔵たちも、沈痛な面持ちで聞いている。

領地の役人として残る東畠は、ここに来るまでは、澄代との新しい暮らしに胸を膨らませていたが、不安そうな顔で義定の話に聞き入っている。

「辛いことを思い出させてしまったようだ」

信平が言うと、義定は首を横に振った。

「今でも、冷たくなっていた倅たちのことを、昨日のことのように覚えています。まさに、この世の地獄でした。義周も、悪夢にうなされておりまする」

「本理院様は、さぞ悲しまれたであろう。領地を賜るまで知らなかった」

佐吉が信平に言う。

「殿にご心配をかけまいとされたのでしょう」

うなずいた信平は、義定と義周を順に見た。義定は目と鼻を赤くし、義周は悔しそうな顔をうつむけている。その表情から、解決していないのだと感じた信平は、義定に訊いた。

「牡丹村を襲うた賊は、逃げたままか」

「はい」

「何者かも、分かっていないのか」

「それが不思議なのです。盗賊ならば、周辺で噂のひとつでもあるはずでございますが、まったくなく、生き残った村の者に問うても、覆面のせいで顔を見ておらず、手がかりがありませぬ」

「賊と戦うて生き残った者に、話を聞けるか」

義定は辛そうな顔を横に振った。

「四人ほどおりましたが、二人は怪我のせいで十日のうちに相次いでこの世を去り、残る二人は、賊に攫《さら》われたまま消息がつかめておりませぬ」

「では、その二人の生死も分からぬか」

駆け付けた役人も命を落としているだけに、義定と義周の悔しい胸のうちが察せられる。

義定が言う。

「賊が捕まっておりませぬから、二度と同じことが起きぬよう願われた本理院様の御意向により、公儀の助けを得て吉井村、矢田《やだ》村、木部村の三村に、陣屋に等しい建物を構えて有事に備えているのです」

信平は、東畠を改めて紹介した。

「役人を減らさぬようにとの仰せに従い、この者を連れてまいった。代官の与力とするがよい」

「東畠直義にございます。ご期待に添えるよう励みまする」

義定は喜んだ。

「これはありがたい。のう、義周」

「はい。東畠殿、よろしくお願いします」

「こちらこそ」

頭を下げた東畠は、先ほどまで見せていた不安そうな表情は消えており、目力も取り戻し、覚悟を決めた面持ちをしている。

面構えを見て安堵した信平は、義周に言う。

「この者は、妻《めと》を娶《めと》ることになっている。二人で暮らせる家の世話を頼む」

「心得ました。代官所の役人が暮らす家に空きがありますので、そこをお使いいただきます」

信平は東畠を見た。

「よかったな。これで、澄代殿と所帯を持てる」

東畠は神妙な顔で頭を下げた。

「この御恩は、子々孫々まで言い伝えてお返しいたします」

「そなたの気持ち、嬉しく思うぞ」

微笑んだ信平は、義定に言う。

「賊に襲われた牡丹村をこの目で見て、ご子息をはじめ、命を落とした者たちの冥福を祈りたい」

「すでに廃村になり、荒れた土地しかありませぬが」

「それでも、案内してくれぬか」

義定は目頭を押さえ、鼻をすすった。

「本理院様の弟君であらせられる殿がおゆきになれば、倅はむろん、村の者たちの御《み》霊《たま》が喜びましょう」

義周が信平に両手をついた。

「今からでは日が暮れてしまいますので、明朝、それがしがご案内つかまつります」

信平はうなずいた。

「では、そうしてくれ」

「はは。これより、宴《うたげ》をしとうございます。よろしいでしょうか」

「ふむ」

笑みを浮かべた義周は、控えている小者に支度を命じ、代官所はにわかに、にぎわいを増した。

三

牡丹村は、代官所から一刻半（約三時間）ほどかかる山間にあった。

義定が言ったとおり家は一軒もなく、石積みの畦《あぜ》を見て初めて、そこが田畑だったと分かるのみで、雑木が伸びて荒れ果てていた。

草を払って前を空ける小者たちに続いて案内していた義周が、立ち止まって言う。

「このあたりが、村の中心です。家が集まり、にぎやかな場所でした」

信平は、家の敷地を示す石垣を見た。石には苔が付き、敷地内には草しか生えていない。同じような敷地があるのみで、建物は残っていなかった。

「家は、取り壊したのか」

そう訊いたのは佐吉だ。

義周が辛そうな顔で言う。

「中が血の海でしたから、死んだ家人たちと共に焼きました。それがしが別の村に行っていなければ、父は少ない手勢だけで来ることはなかった。村を守れたかもしれぬと思うと、悔しくてなりませぬ」

佐吉は義周に歩み寄った。

「それを言わぬと、昨夜約束したではないか。父親の役目を手伝《てつど》うていたのだから、自分を責めるな」

義周はうつむいた。

「そうなのですが、ここに来ると、どうしても考えてしまうのです」

佐吉は肩に手を差し伸べて、苦しむ義周を励ました。

小暮一京が周囲を見回し、信平に言う。

「ここは山に囲まれ、他の村からは離れていますから、賊が目を付けたのでしょうか。村の者が怪我を押して助けを求めに行かなければ、見つかるまでに時がかかったはずですから」

「おそらくそうであろう。これに味をしめて、他国で悪事を重ねておらねばよいが。

義隆殿は、どこで亡くなられた」

信平が問うと、義周は高台を指差し、悲しい顔で言う。

「あそこで、村の者を助けようとして命を落としました」

今は竹が増えている土地の中央に、慰霊のための地蔵堂を建てているという。

信平は、高台に足を向けた。

長年人が使っていないせいで獣道のようになっている坂を上がると、竹藪《たけやぶ》の中にも小道があった。

「この奥です」

義周に言われて足を踏み入れた信平は、苔むした道を進んだ。

竹藪を出ると、屋敷の跡地だと分かる平らな土地があった。草に覆われた平地の中央には、義周が言ったとおり地蔵堂があった。

信平がいるほうが裏側のようだ。

「村が見下ろせる方角に向けて建てました」

教えた義周は、守り役の小者が、春と秋に草刈りをしているのだと付け加えた。

慰霊をするべく、足首まで伸びた草を踏んで地蔵堂に近づいた信平は、気配を感じ、前を歩む義周の腕をつかんで止めた。

「誰かいる」

地蔵堂までは、十六間（約二十九メートル）ほどあろうか。

離れた場所で気配を感じる信平に驚いた様子の義周は、地蔵堂を見た。

信平は油断なく、表側が見える場に回り込む。すると、地蔵堂に向かってしゃがみ、手を合わせている男がいた。

編笠から袴まで全身黒ずくめのその者は、信平が見間違えるはずもない肥前だった。

佐吉も気付いて声をあげたが、それと重ねて、義周が大声を発した。

「博道《ひろみち》！　おぬし博道であろう！」

走って行こうとする義周を、佐吉が慌てて引き戻した。

「どうして止めるのです」

「よく見ろ。人違いだ。奴は殿の敵、肥前だ」

佐吉が言う声が聞こえたのか、肥前は手を下ろして立ち、信平に顔を向けた。

行こうとする義周だったが、佐吉は手を離さなかった。

肥前は、まるで信平が来ることを知っていたかのように、顔を見ても驚いた様子はなく、近づいてきた。

義周が言う。

「やはり間違いない。あれはわたしの友です。博道、生きていたのだな。よかった」

歩みを止めた肥前は、義周に鋭い目を向けた。

「博道は死んだ」

義周は笑った。

「何を言っている。お前の顔を忘れるものか。それに、ここで亡くなった人たちの霊を鎮める地蔵に手を合わせていたではないか」

肥前は答えず、信平を見据えて右足を前に出し、刀の鯉口を切った。

柄に手をかけるのを見た義周が、目を見張る。

「博道、何をする。やめぬか」

佐吉の手を振り払って前に出た義周を、信平が手で制した。

「下がれ」

厳しい口調で言われた義周は、足を止めた。

ゆるりと刀を抜いた肥前に、信平が問う。

「この村に縁があったのか」

刀を右手に下げた肥前は答えず、唇に微笑を浮かべたかと思えば鋭い眼差しとなり、剣気をみなぎらせて迫った。

逆袈裟斬りに襲う肥前の太刀筋は凄《すさ》まじい。

それを知る信平は、引かずに出る。

狐丸を抜いて肥前の攻撃を受け流しざま、狩衣の袖を振るって身体を回転させ背中を斬ろうとした。

だが、肥前は振り向いて狐丸を受け止め、飛びすさって間合いを取った。

「殿！」

山波新十郎が叫び、助太刀しようと抜刀した。

「手出しをするな」

信平の声に応じた佐吉が、新十郎の腕を引いた。

義周が焦り、肥前に言う。

「博道やめろ。やめてくれ」

耳に届かぬ肥前は、左足を前に出し、両手でにぎる三倉内匠助の柄頭《つかがしら》を己の胸の前で信平に向け、反りのきつい刀身の峰を右腕に当てて構えた。

じりじりと間合いを詰めてくる。

隙はまったくない。

迂闊に出れば斬られる。

凄まじい剣気に、信平はたまらず下がった。

その一瞬の隙を、肥前は逃さぬ。草地を蹴って一足跳びに迫り、太刀を真横に振った。

下がっていた信平の左から、喉をめがけて切っ先が迫る。

並の剣客ならば、首が飛んでいただろう。

信平は、肥前の目を見たまま切っ先をかわした。眼前に迫る肥前の口元に余裕の笑みが浮かぶ。

「えい！」

裂帛《れっぱく》の気合をかけた肥前の神髄は、二の太刀。

転じられた刀身が伸びたかのごとく、一の太刀をかわしたばかりの信平の右から迫る。

まさに電光一閃。

刀身が太陽光に煌《きら》めいた時、肥前の目から信平が消えた。

狩衣の袖が残像となった刹那、肥前は背中を狐丸で峰打ちされた。舌打ちして振り向いた時、信平は身軽に飛びすさって間合いを空け、まるで勝負あったかのごとく、狐丸をにぎる右手を下ろした。

「まだだ」

肥前は言い、前に出ようとしたのだが、意識とは反対に身体が動かなかった。ふらつく身体を支えるため太刀を地面に突き立てようとした肥前は、昏倒した。

うつ伏せになった肥前を見つつ狐丸を鞘に納めた信平は、長い息を吐いた。そして、義周を見た。

義周は、驚愕の表情を肥前に向けて声を失っていたが、信平と目を合わせて、困惑したようにうつむいた。

信平が歩み寄って問う。

「肥前と知り合いなのか」

すると義周は、目をつむってうなずいた。

「幼馴染みです。ここにあった家に暮らしていた、村長《むらおさ》の息子です」

信平は驚いた。

「では、行方が分からなくなっている二人のうち一人は、この者か」

「はい。祖父母、父母、姉を賊に斬殺され、助けようとしたそれがしの父もここで見つかりましたが、博道と妹の姿はなく、賊に攫われたと思うておりました」

「どうやら、違《ちご》うていたようだ」

義周は信平に片膝をついた。

「お教えください。博道は何ゆえ、殿を襲うのですか」

「それは、本人に訊くがよい。佐吉、肥前を代官所に連れて戻る」

「はは」

肥前を縛っていた佐吉は応じ、猿ぐつわを噛ませ、目隠しをした。頰をたたいて意識を戻そうとする佐吉を止めた鈴蔵が、懐から出した小さな竹筒の詮を取り、鼻に近づけた。

たちまち咳き込んだ肥前が、意識を取り戻してあたりを見る仕草をしたが、目隠しに気付いて大人しくなった。

その横で、三倉内匠助の太刀を拾った小暮一京が、優れた業物に目を輝かせている。

「これは、凄《すご》い刀ですね」

片手で振るってみる一京に、佐吉が言う。

「帝の刀匠だった三倉内匠助殿の作だ。傷を付けるな」

値をつけられぬ太刀にごくりと喉を鳴らした一京は、肥前の腰から鞘を奪い、滑り込ませた。

そんな一京を見て唇に笑みを浮かべた信平は、地蔵の前に立って手を合わせた。

背後で手を合わせている義周と、佐吉に立たされていた肥前を順に見た信平は、義周が拝み終えるのを待って言う。

「詳しい話は、戻って聞かせてもらう」

義周は応じ、肥前に歩み寄って言う。

「おれは、頭が混乱している。逃げずに、じっくり話を聞かせてくれ」

猿ぐつわを嚙まされている肥前は、呻きもせずうつむいている。佐吉に促されて、歩みを進めた。

四

信平たちは、日暮れ時に代官所へ戻った。

迎えた義定が、義周から事情を聞いて愕然とし、信平に怪我がないことに安堵した。そして小者に命じて、牢の支度をさせた。

十数年ぶりに使うという牢屋は、今は物置になっていた。

物を運び出し、蔵の鍵を代用することとなった牢に肥前を入れた佐吉は、縄を解いて出た。

手首をほぐした肥前は、自分で目隠しを外し、格子に向く。外に立っている信平を見据えて、猿ぐつわを取った。

義周が必死の面持ちで格子をつかんだ。

「どうして信平様を襲う」

肥前は信平から眼差しを転じて言う。

「何も聞いていないのか」

義周はうなずいた。

肥前はその場にあぐらをかいた。

「博道、なぜだ」

必死に問う義周を見た肥前は、暗い面持ちで目を下げた。

「おれは今、徳川を倒すために働いている。信平は敵だ」

義周は目を見張った。

「正気か！　徳川はともかく、お前の家は……」

「昔のことだ！」

言わせぬ肥前であるが、義周はやめなかった。

「信平様は、お前の祖父久定《ひささだ》様とお父上が忠義を尽くした本理院様の弟君だぞ。刃を向ければ、久定様とお父上が悲しまれるのが分からぬお前ではないだろう」

肥前は義周を睨み、唇を震わせた。

義周が言う。

「わけを教えてくれ」

だが肥前は沈黙して顔を背け、それからは義周と信平を見ようともしない。

信平が義周に訊く。

「この者のことを、包み隠さず教えてくれぬか」

「言うな義周」

肥前は止めるが、聞かぬ義周は、信平に向いて口を開いた。

「博道は、京の鷹司家にお仕えしていた下川《しもかわ》久定様の孫です」

庶子《しょし》の信平は、初めて耳にする名前だった。肥前に問う。

「それが何ゆえ、この地に根付いていたのだ」

肥前は前を向いたまま、目も合わせず黙っている。

義周が代わって述べたことによると、本理院と徳川家光の縁談に尽力した者たちの中に下川久定も加わっており、輿入《こしい》れの時は、本理院の従者として江戸にくだってい た。

　だが、朝廷が力を持つことを恐れた当時の幕閣により本理院が冷遇されてしまったのを機に、下川は遠ざけられ、帰京も許されず、この地へ封じられていたのだ。

　本理院が久定を代官にすることを望んだ説があるのだと教えられた信平は、肥前を見た。

「そなたの祖父に、そのような過去があったとは知らなかった。そなたは以前、見えている物のみが、真の姿ではないと申したが、敵ではないという意味だったか」

　肥前は、まだ目を合わせようとせずに吐き捨てる。

「言ったはずだ。下川博道は十年前に死んだ」

　義周は、そんな肥前に問う。

「お前はこうして生きているではないか。妹も一緒なのか」

　すると肥前は、悔しそうな顔を背けた。

　その様子に驚いた義周が言う。

「死んだのか」

「半分は死んだようなものだが、生きている」

「どういうことだ」

黙り込む肥前に、義周はしつこく問う。

「お前たち兄妹《きょうだい》のことを心配し続けている祖父のためにも教えてくれぬか。妹は今、どうしているのだ」

「…………」

肥前は、怒りに満ちた目を誰に向けることなく、一点を見つめて沈黙している。

「博道！」

魂を呼び戻すように、義周が大声をあげた。

肥前は充血させた目を義周に向けた時に、涙をこぼした。

義周がはっとして言う。

「何を苦しんでいる。おれには正直に話してくれ」

肥前は義周を見つめた。

「お前の父を斬ったのは、このおれだ」

義周は腰を抜かして、格子から離れた。

「な、何を言っている。父はお前の剣の師ではないか。おれよりお前を可愛がっていた父を殺すなど、あるはずない。嘘を言うな！」

「嘘ではない！」

肥前は悲痛な顔で叫んだ。そして、絶句している義周から目を離さず言う。

「妹を殺すと脅されて、この手で斬ったのだ」

苦しみに満ちた面持ちで己の両手を見る肥前に、義周は顔を歪めて呻いた。

信平は義周の肩に手を差し伸べ、肥前に言う。

「義周を友と思う気持ちが少しでも残っているのなら、十年前に何があったのか話せ」

目をつむり、上を向いて大きな息を吐いた肥前は、ゆっくりと信平に向き合い、落ち着いた面持ちで語りはじめた。

あの日、まだ十八歳だった肥前は、家族と使用人に旨い肉を食べさせたく、一人で狩りをしに山に入っていた。

村から響いてきた怒号に驚き、急いで山を下りた肥前が見たのは、庭に引きずり出された親友が、押し入った賊に斬り殺されるところだった。

肥前が駆け付けた時、まだ息があった親友は、母と姉を助けてくれと言い、涙を流しながら事切れた。

家の中から聞こえた女の悲鳴に立ち上がった肥前が見たのは、手込めにされ、殺された親友の母と姉だった。

親友の願いを果たせなかった肥前は、出てきた一人を弓で射殺し、刀を奪った。義周の父親から鍛え抜かれていた肥前の剣は凄まじく、家の中にいた五人の賊どもを一人残らず斬殺した後、村中の家が襲われていると知って、家族を助けに戻った。

家に着いた時には、役人たちは命を落とし、義周の父は賊に捕らえられていた。

肥前は賊を斬り、家族と義周の父を助けようとしたのだが、賊の頭目に打ちのめされ、取り押さえられた。

そこまで話した肥前は、義周に両手をついた。

「目の前で祖父母と両親を殺された時に、おれを地獄に突き落とした奴が現れた。その者は、おれが賊を斬るところを見ており、己の手駒にするべく姉と妹を……」

義周は、その先を言わず頭を下げた肥前に顔を上げ、怒気を浮かべた。

「お前を取り込むために、姉と妹を人質にしたのか」

「拒んだ刹那に、奴は姉を殺した。忠誠を誓わねば妹も殺すと脅され、おれは刀を置いたのだ。そうしたら奴は、行動で示せと言い……」

「父を斬れと、言われたのか」

「すまぬ」

義周は目をきつく閉じ、長い息を吐いた。

「これでようやく分かった。お前が村の者たちを裏切るはずもなく、見捨てて逃げるとも考えられず、連れ去られてどうなったのか案じていたのだ。妹を助けるためならば、父はお前に、躊躇《ためら》わず斬れと言ったのではないか」

肥前は床をひっかくように力を込めて拳をつくり、嗚咽《おえつ》した。

義周は、格子のあいだから手を入れて肥前の肩をつかみ、涙を流して言う。

「さぞ辛かったであろう。妹も、辛い思いをしているのか」

肥前は気持ちを落ち着けて頬を拭い、顔を上げて義周と向き合った。

「家族を目の前で殺された衝撃で記憶を失ったうえに、こころを操られている」

肥前は信平を見て続ける。

「おれは妹のために、銭才の言いなりになっているのだ」

信平は真顔で言う。

「話を聞いて思うたが、やはり、村を襲うたのは銭才であったか。かの者に操られている妹とは、猿姫のことか」

「そうだ。銭才の手の中に置かれていては、どうにもならぬ」

「そなたほどの腕ならば、銭才を斬ることなど造作《ぞうさ》もないはずでは」

「奴のそばには近江がいる。奴が師匠を捕らえ、家族を殺した。奴に勝てるなら、とうに仇《かたき》を取っている」

「ただの物盗《ものと》りではあるまい。銭才の下には優れた剣士がいる。ここを襲うた狙いは、そなたの剣の腕か」

「違う。お前の姉上を京から連れ去った我が祖父を、恨んでいたのだ」

信平は、珍しく動揺した。

「銭才は、本理院様を知っていたと申すか」

「近江にそう話しているのを、この耳で聞いたことがある。本理院様は、銭才の想い人だったのだ」

「ではやはり、銭才が下御門か」

「おれにとって銭才は、銭才だ。正体を隠しているのかどうかも知らぬ」

信平は、肥前の目を見た。

「解《げ》せぬ。そなたの祖父を恨むなら、もっと早く襲うていたはずではないか」

「貧乏公家だった下御門が、近江たちを得て力を付けたからだ」

「そなたを含めか」

今一度探りを入れる信平を、肥前は睨む。

「おれは違う。妹を人質に取られ、手駒として使われるだけだ」

「手駒ゆえ、先ほどはわざと負けたのか」

「…………」

肥前は顔を背けた。

「こうなると見越して負けたのなら、その狙いを聞こう」

「悔しいが、手を抜いてなどおらぬ。本気で首を取るつもりだった」

「麿には、そうは思えなかったが」

「このおれが、わざと負けるものか」

義周が焦った。

「博道、戻らねば妹が殺されるのか」

「そうだ」

肥前の答えを受け、義周が信平に向く。

「どうすればよいでしょうか」

信平は一度義周と目を合わせ、肥前を見て言う。

「妹が銭才の手中にある限り、解き放てばこの者はまた、働かされる」

「では、妹を助けるしかありませぬ」

義周の言葉に驚いた佐吉が、信平に言う。

「殿、これは銭才の罠かもしれませぬ」

すると肥前が、信平の目を見て言った。

「罠でも、嘘でもない。おれは、妹のために言いなりになっている。ここから出さぬというならそれでもいい。死を賜ってもかまわぬ。そのかわり、妹だけは助けてくれ。約束してくれるなら、おれが知っていることを話す」

信平は、聞くなと言う佐吉を黙らせ、肥前を見た。

「話の内容による」

「皇軍のことだ」

佐吉たちが騒然とした。

信平は表情を変えずにうなずく。

「聞こう」

肥前は居住まいを正し、信平の目を見て言う。

「皇軍と聞けば、今の帝が絡んでいると思うかもしれぬが、それは公儀の目をそらすために吹聴したにすぎぬ」

「では、帝の刀匠にこだわっていたのも、目をそらすためだと申すか」

「それもあるが、三倉内匠助の太刀は実戦に向いている。銭才が集めた十士に持たせ、士気を高める狙いもあった。銭才は、徳川の言いなりになっている帝などあてにはしておらぬ。奴の狙いは、先帝と下御門の娘のあいだに生まれた孫娘だ」

「先帝の血を引く下御門の孫は、娘なのか」

信平の問いに、肥前は薄い笑みを浮かべた。

「その様子だと、孫の存在は知っていたようだな。誰から聞いた。関白か」

「麿のことはよい。下御門は、孫娘をどうする気だ」

「擁立し、新しき都を作ろうとしている。女帝として名を広め、それに参陣する者たちを皇軍とし、徳川に対抗しようとしているのだ」

思いもしなかったことに、信平のこころは揺れ動いた。

動揺を見逃さない肥前が言う。

「何を恐れる」

信平は、胸のうちを読まれぬよう問う。

「銭才は、下御門の孫娘の居場所を知っているのか」

「まだ捜している。十年前にこの村を襲うたもうひとつの目的がそれだ。我が祖父が関白から預かっているかもしれぬと疑ったからだが、当時奴には、千里眼を持つ者が付いていなかった。そのせいで我が一族が狙われたが、今は違う。放っておけば、いずれ必ず、新しき都の象徴を見つけ出すはずだ」

「象徴……」

信平は、気になっていたことをぶつけた。

「孫娘の歳は」

「確か十五、六だが、それがどうした。思い当たる者でもいるのか」

探る目を向けられた信平は、逆に肥前を見据えた。

「さてはそなた、麿から情報を得るために、わざと捕らえられたな」

肥前は懇願した。

「知っているなら教えてくれ。千里眼を使う者よりも先に、下御門の孫娘の情報を直に伝えると言えば、今は居場所が分からぬ銭才に会える。おれの跡をつけて、奴らを倒してくれ」

「共に行動していたのではないのか」

「最近まではしていたが、豊後が暗殺された時から、おれの関与を疑い遠ざけられている」

「では、まことに居場所を知らぬのか」

「知らぬ。が、下御門の孫娘の話を持ち出せば、奴は必ず会う」

「すべては、妹を助けるためと申すか」

「他意はない」

「分かった」

応じる信平に、佐吉が不安をぶつける。

「殿、この者を信じるのですか」

「麿が信じるのは肥前ではなく、義周じゃ」

信平は、義周を見た。

「肥前のことを、どう見る」

「正直、今の話を聞いて驚いています。何が起こり、博道がどう関わっているのか存じませぬが、根は悪人ではありませぬ。この村で、家族と幸せに暮らしていたのです」

「嘘は言っていないと、申すのだな」

「はい」

義周の断言を得て、肥前がふたたび懇願した。

「頼む、手を貸してくれ」

信平は首を横に振る。

「残念だが、麿は下御門の狙いをそなたの口から知った。孫娘のことは知らぬ」

「それは、ほんとうか」

「ほんとうだ」

肥前は肩を落とした。

信平が言う。

「されど、そなたが本理院様に縁ある者と聞いては捨て置けぬ。領地を受け継いだ者として、妹御を助ける力になろう」

「それを聞いただけでも、ここに来た甲斐があった」

肥前は落ち着いた口調で言い、牢の奥に戻って正座した。

信平は、義周に言う。

「肥前を出してやれ」

「殿！　なりませぬ！」

佐吉が止めたが、信平は義周を促した。

出てきた肥前に対し、佐吉と鈴蔵は油断のない目を向けている。

「よいのか」

問う肥前に、信平はうなずいた。

「そなたが捕らえられたと銭才が知れば、妹御の命が危ない。銭才の居場所が分かれば、義周に知らせよ。馳せ参じるまで、待てるか」

「十年も待ったのだ。無理はせぬ」

「ではゆけ。佐吉、肥前に刀を」

三倉内匠助の太刀を一京の帯から抜いた佐吉は、鈴蔵が差し出した脇差と共に肥前の胸に押しつけ、睨んで言う。

「殿を騙したら、許さぬぞ」

佐吉の目を見たまま受け取った肥前は、帯に差した。そして、脇差しの柄に巻いていた紙縒《こよ》りを外し、信平に差し出す。

「これに、下御門の孫娘のことが記してある」

開いた信平は、肥前を見た。

肥前は無言でうなずき、足早に去った。

「おい、騙したら許さぬぞ！」

大声で念押しした佐吉が、信平に向く。

大声で言った佐吉が、信平に向く。

「殿、まことによろしかったのですか」

「佐吉、義周を見よ」

信平に言われて振り向いた佐吉は、地べたに平伏している義周を見て困り顔をした。

信平は佐吉の肩をつかみ、家来たちに言う。

「義周が信じる肥前を、我らも信じようではないか」

応じた佐吉は、先に出る信平を見送り、鈴蔵や一京たちを順に見て、義周を立たせた。

「殿はああいうお方だ。肥前は、まことに裏切らぬだろうな」

「昔から妹思いでしたから、必死なのです。助けると約束されて、裏切るはずはありませぬ」

「そうか。父親を斬った者をそこまで言うそなたを、殿はお信じになられたのだ。共に力を合わせて、殿をお助けしようぞ」

「はい」

ようやく笑みを見せた義周に、佐吉も笑みを浮かべてうなずいた。

五

延宝二年六月七日（一六七四年七月十日）は、梅雨の中休みで青空が広がっていた。

代官所で義周と政務をしていた信平は、夜になると、佐吉をはじめとする家来たちと東畠の家におもむいた。

東畠が待ち望んだ澄代が、江戸から来たのだ。

信平の計らいで二人の祝言《しゅうげん》がおこなわれ、東畠と澄代は晴れて夫婦になった。

いろいろあったが、幼い頃より想い合っていた二人の幸は揺るぎないものと疑わぬ信平は、皆と共に祝った。

感涙する東畠にもらい泣きした佐吉が、太い腕を東畠の肩に回して抱き寄せ、

「めったに会えなくなるのが寂しいが、嬉しい」

短いあいだだが面倒を見ていただけに、弟のように思っているのだと打ち明けた。

そして、義周にくれぐれも頼むと頭を下げる佐吉にならい、東畠と澄代が揃って頭を下げた。

家来たちの絆《きずな》が深まる様子を見守っていた信平は、ふと、肥前のことが頭に浮かんだ。

十年前の悲劇がなければ、肥前もこの場にいたかもしれぬと思ったのだ。

「殿、ささ、お飲みください」

義定に瓶子《へいじ》を向けられ、信平は盃を向けた。

酌を終えた義定が、改まって言う。

「江戸にお戻りになられれば、なかなか領地へ足をお運びになれますまいが、東畠殿と共に民を守りますゆえご安心を」

信平はうなずいた。

「牡丹村を襲うた賊の正体と目当てが分かった今は、何も案じておらぬ」

「まことに。義周が申しておりましたが、どこの村の者たちも、殿にお目にかかって大喜びをしていたそうですな」

「民の麿に対する好意は、本理院様あってのこと」

軽く頭を下げた信平は、民が見せてくれた偽りのない笑顔は、領地を訪れることのなかった本理院に向けられたものだと思っている。

「領地の豊かさは、本理院様とそなたの苦労の賜物。麿に代わっても衰退せぬよう、身を引き締めて政に当たろう」

「心強いお言葉を聞き、ますます義周が羨ましゅうなり申した。二十年若ければ、お仕えできたものを」

信平は瓶子を向けた。

恐縮して受けた義定が、皆に祝福される東畠と澄代に温かい目を向け、

「若いというのは、よいですな」

しみじみと言い、酒を舐めた。

六月十一日は、朝から雨が降っていた。

昼すぎには、梅雨の終わりを告げるかのごとく激しい雷雨となり、雨量は増すばかりだ。代官所の自室にいた信平は、領内を流れる川の増水を案じながら、緑鮮やかな庭の中で青紫が映える桔梗《ききょう》が雨粒に打たれるのを眺めていた。

「殿！」

佐吉の切迫した声がしたのは、目がくらむ稲光《いなびかり》が走った時だった。

耳を塞ぎたくなるほどの雷鳴が地響きを起こし、廊下を走る佐吉が震源を引き継ぐ。

「慌てていかがした」

膝を転じて言う信平の前に座した佐吉は、震える手で一通の文を差し出した。

松姫からだった。

「早馬で届きました」

尋常の知らせではない。信政のことが頭に浮かんだ信平は、佐吉を見た。

佐吉は顔を青ざめさせている。

「何があった」

「使者の口からは申しませぬ」

信平は封を切って文を読み、目を見張った。

「奥方様は、なんと仰せですか」

心配する佐吉に、信平は顔を上げた。

「去る六月八日に、本理院様が身罷《みまか》られた」

「なんと！」

絶句する佐吉に、信平は言う。

「急ぎ帰る。馬を頼む」

「はは」

信平は義定と義周に本理院の死を告げ、馬を馳せて江戸に戻ろうとしたのだが、松姫の文を届けた家来が、川の増水で自分が渡るのがやっとだったと言い、今から行けば夜にかかるため危険だと止めた。

それでも急ごうとする信平に、義定が言う。

「ご危篤ならば、殿をお待ちでありましたでしょう。されど、今布団に横たわっておられるのは亡骸《なきがら》。危ない目に遭《お》うてまで急がれる殿のお姿を本理院様の魂がご覧になれば、案じられて成仏なされませぬ。本理院様のためにも、雨が落ち着くまでご辛抱くだされ」

義定の言葉に納得した信平は、馬を厩《うまや》に戻させた。

江戸に戻ったのは、知らせを受けて四日後だ。

待っていた松姫は、信平を見るなり涙を流した。

悲しむ松姫を支えた信平は言う。

「雨で足止めされた。本理院様はご本復されるとばかり思うていたが、残念だ」

「わたくしも、お見舞いに上がった時にはお元気そうでしたから、そう信じておりました。急にご体調が崩れられたらしく、お付きの者が気付いた時には、眠っているようだったそうです」

「苦しまれなかったのならば、せめてもの救いだ」

「はい」

「本理院様は吹上の屋敷におられるのか」

「伝通院《でんづういん》に運ばれました」

「ではこれよりまいる」

泥に汚れた狩衣を着替えた信平は、小石川にある将軍家の菩提寺へ急いだ。

若き頃は、吹上の屋敷で松姫とこっそり会わせてくれるなど、常に応援してくれた本理院は、こころの拠《よ》り所《どころ》だった。

愉快そうな笑い声、時には厳しく指導してくれた姉の温かみに、もう触れることはできない。

にわかに降りはじめた雨だれの音を聞きながら、薄暗い本堂で霊前に手を合わせた信平は、遅くなったことを詫び、明るく優しい本理院の笑顔を思い出しながら、胸の中で礼を述べた。

そして後日、松姫と共に葬儀に参列した信平は、菩提寺の別室で家綱に拝謁した。

葬儀の礼を述べる信平に対し、家綱は元気がなく、

「自分の母を亡くした気分じゃ」

そうこぼし、辛そうな息を吐いた。

「そなたは領地で訃報を聞いたか」

「はい」

「回復に向かわれていただけに、さぞ驚いたであろう」

「まことに」

「して、本理院様の領地はどうであった」

「民も穏やかに暮らしており、本理院様の気遣いを感じました」

「十年前のこと以来、特に気を回されていたからな」

やはり家綱も知っていたのだと思う信平は、下川家のことを問うてみたくなった。

「牡丹村の下川家をご存じでしたか」

すると家綱は、控えている小姓を下がらせ、信平を近くに寄らせた。

「長年仕えていた家来を遠ざけたことは、先代にかわって本理院様に詫びた。村の跡地を見てきたのか」

「はい。かの地で、思わぬ者と出会いました」

「誰じゃ」

「行方知れずになっていた、下川家の嫡男です」

「本理院様が気にしておられた者じゃ。そうか、生きておったか。一足早ければ、本理院様も安心されたであろうに」

信平はうなずき、告げた。

「その嫡男が申したことですが、村を襲うたのは、下御門の手の者でした」

「何……」

家綱は目を左右に動かし、信平を見てきた。

「本理院様と下御門のあいだに、何かあってのことか」

「嫡男は、本理院様の縁談に尽力した下川家を逆恨みした銭才の仕業だと申しましたが、そのいっぽうでは、下御門は己の娘と先帝のあいだに生まれた孫娘が牡丹村に隠されていると疑い、盗賊に見せかけて捜しに来たのではないかとも、申しておりました」

家綱は息を呑んだ。

「その話は聞いたことがない。教えた者は、間違いなく下川家の嫡男か」

「間違いありませぬ」

「して、孫娘はいたのか」

「いえ、いなかったようです」

「下川家の嫡男は、余が知らぬことをどうして知っている。関白（鷹司家）と、今でも通じておるのか」

疑う家綱に、信平は肥前の身に起きていることを隠さず話した。

そして、下御門の真の狙いを打ち明けた。

信平の話を黙って聞いた家綱は、ひとつ大きな息を吐いた。

「それがまことであれば、由々しきことじゃ。そなたは、その話を聞いてどう思うた。肥前を信じるか」

「これまでの悪事は、すべて妹のためだと告げた時の目を見た限りでは、嘘とは思えませぬ」

「そなたらしい」

笑った家綱に、信平は平身低頭した。

「わたしを、京へお遣わしください」

笑みを消した家綱は、信平に顔を上げさせ、目を見てきた。

「どうやら、思うところがあるようじゃ。本理院様の弔いが終わり次第京へ行き、よきに計らえ」

「はは」

全幅の信頼を寄せる家綱は、後でそうと知った酒井雅楽頭が信平の上洛を撤回させようとしたが、口出しを許さなかった。

いっぽう、奈良の某所に潜む銭才のもとにも、本理院の訃報が届いていた。

銭才はお絹を連れて金色の観音像に手を合わせ、己の記憶にある鷹司孝子《たかこ》を思い浮かべていた。

牛車から降りる孝子を遠くから見ていた頃のことを想い、

「麗《うるわ》しき姫であった。徳川と朝廷のために京から連れ去られたも同然に江戸へくだり、長年城に閉じ込められていたが、ようやく、自由の身になられたか」

ぼそりと洩らした銭才の右目から、光る物が流れ落ちた。観音を見上げて言う。

「そなた様のような姫を出さぬためにも、日ノ本を古《いにしえ》の、正しき姿に戻して見せますぞ」

背後に近江の気配を察した銭才は、顔を向けぬまま言う。

「肥前が戻ったのか」

「はい」

「まあ、座れ」

応じて背後に正座する近江に、観音から眼差しを下げた銭才が言う。

「孝子殿が身罷られた。これよりは、鷹司家の者に遠慮は無用じゃ。肥前はなんと申しておる」

「信平が皇女様の居場所を知っている様子はなかったと、申しております」

「では、信平に用はない。肥前に始末させろ」

「奴にできましょうか」

「信用できぬか」

「いざとなれば、裏切るのではないかと案じています」

銭才は、横に座らせているお絹の手を取り、さすりながら言う。

「牡丹村で信平に助けを求めているなら、肥前には死ぬより辛い思いをさせてやろう。のう、お絹」

お絹は銭才に微笑み、うなずいた。

近江は、そんなお絹に狡猾そうな笑みを浮かべ、銭才に頭を下げた。

「仰せのままにいたしまする」

「甲斐に、皇女の探索を急がせろ」

「その甲斐から、知らせがございました。皇女様のことではありませぬが、宮中のことゆえ、お耳に入れたほうがよろしいと申しております」

「なんじゃ」

「帝の側近だった錦条惟嗣が京を追放されたのですが、その元となったのは、近頃おそばに仕えはじめた若い男だそうです」

「それがどうしたと申すのだ」

禁裏になど興味はないという態度の銭才に、近江が言う。

「帝はその者を入れると同時に、側近中の側近である一条内房さえも遠ざけ、女官一人と、関白が入れた若年者しか、御所に近づけぬそうです」

「錦条は、寵愛を取り戻そうとして凶行に走ったか」

「はい」

「あの帝がそこまで入れあげる男とは、何者じゃ」

「名は弘親と申すそうですが、素性については、錦条も知らぬようです」

「ご奔放な帝らしいことよ。そうやって遊ばれておられるのじゃ。禁裏のことなど、今はどうでもよい」

「甲斐は、錦条を配下に加える許しを乞うております」

「いらぬ。それより今は皇女じゃ。いつまでも待たせるなら、代わりはいくらでもおると、脅しておけ」

「承知いたしました」

近江は下がり、観音堂から出ていった。

蠟燭の火が映る瞳を観音に向けているお絹を見つめた銭才が、正面を向かせた。

お絹は抗うことなく、銭才の目を見返している。

「お前は、わしの言うとおりにしておればよい。気を楽に、何も考えぬことじゃ。楽に、楽に」

虚《うつ》ろな目を向けていたお絹は、程なく気を失って頭を垂れた。

銭才は、乱れて頬に垂れたお絹の髪の毛を指で上げ、青白い煙を上げる香炉を見つめた。

六

この夜、自室から出た信政は、月明かりを頼りに御所内を急ぎ、紫宸殿に向かった。

いつものように、橘のそばで待っていた一条内房が、信政を手招きして樹木と正殿のあいだに隠れ、声音を小さく言う。

「呼び出したのは、道謙様からのお言葉を伝えるためじゃ」

「はい」

信政は背筋を伸ばし、言葉を待った。

内房があたりを確かめ、一歩近づいて言う。

「そなたの父から、道謙様に文が届いたそうだ。下御門実光のことは、聞いているか」

「おおよそのことは」

「うむ。信平殿は、その下御門の狙いを知られた。まさに、京の魑魅よ。奴は先帝の血を引く己の孫娘を捜しているようだが、行方が分かっておらぬらしい。文を読まれた道謙様は、宮中に潜伏しているのではないかと疑われておられる」

信政は、不安になった。

「下御門の手の者が、宮中に手を出してきましょうか」

「禁裏付が調べたが、それらしい者は見つかっておらぬ。そなたにも、用心するようにとの道謙様のお言葉じゃ。もしも怪しい動きをする女官がおれば、ただちに禁裏付へ知らせよ」

「承知しました」

「信平殿が、近いうちに上洛される」

信政は瞠目《どうもく》した。心強く思ったからだ。

喜ぶ信政に、内房が笑みを浮かべた。

「久しぶりに会うそうだな」

「はい」

「信平殿は、禁裏付と力を合わせて下御門の魔の手を阻止されよう。上洛されるまでは、用心を怠らぬように」

「父の助けになるよう、怪しい者を見つけます。父は、下御門が捜している者の名を書かれていたのでしょうか」

内房は信政の目を見て、ふっと笑みを浮かべた。

「信平殿は、さすがよの。我らが知り得ぬことも、存じておられた」

「では、父は名をご存じなのですね。文を読まれた道謙様は、お教えくださいましたか」

「うむ」

「念のため、お教えください」

「名は、薫子だそうだ」

信政は息が止まりそうになったが、動揺を悟られぬよう頭を下げた。

「いかがした」

探られて、信政は首を振る。

「いえ」

「顔色が優れぬようだが、具合でも悪いのか」

「相手が下御門の孫娘だと思うと、急に緊張してきただけにございます」

「そう気負うな。まだ宮中にいると決まったわけではない。それに、見つけ出せと言うのではない」

「もしも見つかれば、薫子という人はどうなるのですか」

途端に、内房の顔が曇った。

「下御門の手に落ちれば、この世が乱れる。酷い気もするが……」

「命を、奪うのですか」

先回りをして言葉を被せる信政に、内房はうなずく。

「下御門が生きているうちは、徳川が許すまい」

「……………」

「そう気にするな。そなたは、用心だけしておればよいのだ」

信政は応じて、安堵の笑みを作って見せた。

内房も微笑む。

「もう遅い、下がって休め」

「はは」

立ち去る信政を目で追った内房は、

「すっかり怯えておる。まだ子供じゃな」

軽視して言い、正殿を離れた。

信政は建物の陰で立ち止まり、振り向いた。帰ってゆく内房を見ながら、大きな息をつく。

まだ自分の耳を疑っている信政は、同じ名の別人だと自分に言い聞かせたものの、不安が勝り、どうしても確かめたくなった。

本人に聞いてみようと思い、薫子の部屋がある建物に向かった。庭に入った信政は、廊下に薫子を見つけて声をかけようとしたが、月を見上げる寂しそうな表情に息を呑み、足を止めた。

薫子の素性を知ったせいか、月を見上げる姿が、信政の目には神々しく映った。その瞬間に、事実を知られてはいけぬという気持ちになり、次に浮かんだのは、父信平のことだ。

知られてはいけない。

だが、父に嘘はつけない。

月明かりに輝いて見える薫子に目を奪われていた信政は、どうしていいか分からなくなり、呆然と立ち尽くしていた。

本書は講談社文庫のために書下ろされました。

|著者| 佐々木裕一　1967年広島県生まれ、広島県在住。2010年に時代小説デビュー。「公家武者　信平」シリーズ、「浪人若さま新見左近」シリーズのほか、「若返り同心　如月源十郎」シリーズ、「身代わり若殿」シリーズ、「若旦那隠密」シリーズなど、痛快かつ人情味あふれるエンタテインメント時代小説を次々に発表している時代作家。本作は公家出身の侍・松平信平が主人公の大人気シリーズ、第10弾。

宮中《きゅうちゅう》の誘《いざな》い　公家《くげ》武者《むしゃ》 信平《のぶひら》(十)

佐《さ》々《さ》木《き》裕一《ゆういち》

講談社文庫

定価はカバーに
表示してあります

2021年8月12日第1刷発行

KODANSHA

発行者――鈴木章一
発行所――株式会社　講談社
東京都文京区音羽2-12-21　〒112-8001
電話　出版　(03)　5395-3510
　　　販売　(03)　5395-5817
　　　業務　(03)　5395-3615

Printed in Japan

デザイン―菊地信義
本文データ制作―講談社デジタル製作
印刷――大日本印刷株式会社
製本――大日本印刷株式会社

ISBN978-4-06-524592-7

講談社文庫刊行の辞

二十一世紀の到来を目睫に望みながら、われわれはいま、人類史上かつて例を見ない巨大な転換期をむかえようとしている。

世界も、日本も、激動の予兆に対する期待とおののきを内に蔵して、未知の時代に歩み入ろうとしている。このときにあたり、創業の人野間清治の「ナショナル・エデュケイター」への志を現代に甦らせようと意図して、われわれはここに古今の文芸作品はいうまでもなく、ひろく人文・社会・自然の諸科学から東西の名著を網羅する、新しい綜合文庫の発刊を決意した。

激動の転換期はまた断絶の時代である。われわれは戦後二十五年間の出版文化のありかたへの深い反省をこめて、この断絶の時代にあえて人間的な持続を求めようとする。いたずらに浮薄な商業主義のあだ花を追い求めることなく、長期にわたって良書に生命をあたえようとつとめるところにしか、今後の出版文化の真の繁栄はあり得ないと信じるからである。

同時にわれわれはこの綜合文庫の刊行を通じて、人文・社会・自然の諸科学が、結局人間の学にほかならないことを立証しようと願っている。かつて知識とは、「汝自身を知る」ことにつきていた。現代社会の瑣末な情報の氾濫のなかから、力強い知識の源泉を掘り起し、技術文明のただなかに、生きた人間の姿を復活させること。それこそわれわれの切なる希求である。

われわれは権威に盲従せず、俗流に媚びることなく、渾然一体となって日本の「草の根」をかたちづくる若く新しい世代の人々に、心をこめてこの新しい綜合文庫をおくり届けたい。それは知識の泉であるとともに感受性のふるさとであり、もっとも有機的に組織され、社会に開かれた万人のための大学をめざしている。大方の支援と協力を衷心より切望してやまない。

一九七一年七月

野間省一

講談社文庫 最新刊

神楽坂 淳
あやかし長屋〈嫁は猫又〉
江戸で妖怪と盗賊が手を組んだ犯罪が急増した。奉行は妖怪を長屋に住まわせて対策を！

夏原エキジ
Cocoon5〈瑠璃の浄土〉
最強の鬼・平将門が目覚める。江戸を守るため、瑠璃の最後の戦いが始まる。シリーズ完結！

石川智健
20《ニジュウ》〈誤判対策室〉
ドラマ化した『60 誤判対策室』の続編にあたる、ノンストップ・サスペンスの新定番！

谷口雅美
殿、恐れながらブラックでござる
パワハラ城主を愛される殿にプロデュース。凄腕コンサル時代劇開幕！〈文庫書下ろし〉

上野 歩
キリの理容室
憧れの理容師への第一歩を踏み出したキリ。でも、実際の仕事は思うようにいかなくて!?

後藤正治
拗《す》ね者たらん〈本田靖春 人と作品〉
「戦後」にこだわり続けた、孤高のジャーナリストを描く傑作評伝。伊集院静氏、推薦！

藤田宜永
女系の教科書
夫婦や親子などでわかりあえる秘訣を伝授！エスプリが効いた慈愛あふれる新・家族小説。

リー・チャイルド 青木 創 訳
宿敵（上）（下）
十年前に始末したはずの悪党が生きていた。復讐のためリーチャーが危険な潜入捜査に。

講談社タイガ

秋保《あきう》水菓《すいか》
謎を買うならコンビニで
コンビニの謎しか解かない高校生探偵が、トイレで発見された店員の不審死の真相に迫る！

飯田譲治 協力 梓 河人
NIGHT HEAD《ナイトヘッド》 2041（上）
超能力が否定された世界。翻弄される二組の兄弟の運命は？ カルト的人気作が蘇る。

汀 こるもの
探偵は御簾《みす》の中〈鳴かぬ蛍《ほたる》が身を焦がす〉
京《みやこ》で評判の鴛鴦《おしどり》夫婦に奇妙な事件発生、絆《きずな》の危機迫る。心ときめく平安ラブコメミステリー。

講談社文芸文庫

成瀬櫻桃子
久保田万太郎の俳句
解説＝齋藤礎英　年譜＝編集部
小説家・劇作家として大成した万太郎は生涯俳句を作り続けた。自ら主宰した俳誌「春燈」の継承者が哀惜を込めて綴る、万太郎俳句の魅力。俳人協会評論賞受賞作。
978-4-06-524300-8
なV1

水原秋櫻子
高濱虚子　並に周囲の作者達
解説＝秋尾 敏　年譜＝編集部
虚子を敬慕しながら、志の違いから「ホトトギス」を去り、独自の道を歩む決意をした秋櫻子の魂の遍歴。俳句に魅せられた若者達を生き生きと描く、自伝の名著。
978-4-06-514324-7
みN1

講談社文庫　目録

講談社文庫　目録

佐藤　優　人生の役に立つ聖書の名言
佐藤　優　戦時下の外交官〈ナチス・ドイツの崩壊を目撃した吉野文六〉
斉藤詠一　到達不能極
佐々木　実　竹中平蔵　市場と権力「改革」に憑かれた経済学者の肖像
斎藤千輪　神楽坂つきみ茶屋〈禁断の「盃《さかずき》」と絶品江戸レシピ〉
斎藤千輪　神楽坂つきみ茶屋2〈突然のピンチと喜寿の祝い膳〉
作画…蔡志忠　訳…和田武司　監修…野末陳平　マンガ　孔子の思想
作画…蔡志忠　訳…和田武司　監修…野末陳平　マンガ　老荘の思想
司馬遼太郎　新装版　播磨灘物語　全四冊
司馬遼太郎　新装版　箱根の坂　(上)(中)(下)
司馬遼太郎　新装版　アームストロング砲
司馬遼太郎　新装版　歳　月　(上)(下)
司馬遼太郎　新装版　おれは権現
司馬遼太郎　新装版　大　坂　侍
司馬遼太郎　新装版　北斗の人　(上)(下)
司馬遼太郎　新装版　軍　師　二　人
司馬遼太郎　新装版　真説宮本武蔵
司馬遼太郎　新装版　最後の伊賀者
司馬遼太郎　新装版　俄　(上)(下)

司馬遼太郎　新装版　尻啖え孫市　(上)(下)
司馬遼太郎　新装版　王城の護衛者
司馬遼太郎　新装版　妖　怪　(上)(下)
司馬遼太郎　新装版　風の武士　(上)(下)
司馬遼太郎　戦　雲　の　夢〈レジェンド歴史時代小説〉
司馬遼太郎・海音寺潮五郎　新装版　日本歴史を点検する
司馬遼太郎・井上ひさし　新装版　国家・宗教・日本人
司馬遼太郎・陳舜臣・金達寿　新装版　歴史の交差路にて〈日本・中国・朝鮮〉
柴田錬三郎　お江戸日本橋　(上)(下)
柴田錬三郎　貧乏同心御用帳
柴田錬三郎　新装版　岡っ引どぶ〈柴錬捕物帖〉
柴田錬三郎　新装版　顔十郎罷り通る　(上)(下)
白石一郎　庖丁ざむらい〈レジェンド歴史時代小説〉〈十時半睡事件帖〉
島田荘司　御手洗潔の挨拶
島田荘司　御手洗潔のダンス
島田荘司　水晶のピラミッド
島田荘司　眩（めまい）暈
島田荘司　ア　ト　ポ　ス
島田荘司　異　邦　の　騎　士〈改訂完全版〉

島田荘司　御手洗潔のメロディ
島田荘司　Ｐ　の　密　室
島田荘司　ネジ式ザゼツキー
島田荘司　都市のトパーズ2007
島田荘司　21世紀本格宣言
島田荘司　帝都衛星軌道
島田荘司　ＵＦＯ大通り
島田荘司　リベルタスの寓話
島田荘司　透明人間の納屋
島田荘司　占星術殺人事件〈改訂完全版〉
島田荘司　斜め屋敷の犯罪〈改訂完全版〉
島田荘司　星《せい》籠《ろ》の海　(上)(下)
島田荘司　屋　上
島田荘司　名探偵傑作短篇集　御手洗潔篇
島田荘司　火　刑　都　市〈改訂完全版〉
島田荘司　暗闇坂の人喰いの木〈改訂完全版〉
清水義範　蕎《そ》麦《ば》ときしめん
清水義範　国語入試問題必勝法〈新装版〉
椎名　誠　にっぽん・海風魚旅〈怪し火さすらい編〉

講談社文庫　目録

小路幸也　高く遠く空へ歌ううた
小路幸也　空へ向かう花
小路幸也　スターダストパレード
小路幸也　原案 山田洋次 平松恵美子　家族はつらいよ
小路幸也　原作・脚本 山田洋次 脚本 平松恵美子　家族はつらいよ2
小路幸也　原作・脚本 山田洋次 脚本 平松恵美子　妻よ薔薇のように〈家族はつらいよIII〉
島田律子　私はもう逃げない〈自閉症の弟から教えられたこと〉
辛酸なめ子　女修行
柴崎友香　ドリーマーズ
柴崎友香　パノララ
翔田寛　誘拐児
白石一文　この胸に深々と突き刺さる矢を抜け(上)(下)
小説現代編 石田衣良他著　10分間の官能小説集
小説現代編 勝目梓他著　10分間の官能小説集2
小説現代編 乾くるみ他著　10分間の官能小説集3
柴村仁　夜宵
柴村仁　プシュケの涙
柴田哲孝　クズリ〈ある殺し屋の伝説〉
塩田武士　盤上のアルファ

塩田武士　盤上に散る
塩田武士　女神のタクト
塩田武士　ともにがんばりましょう
塩田武士　罪の声
塩田武士　氷の仮面
芝村涼也　孤《こ》闘《とう》の寂《せき》〈素浪人半四郎百鬼夜行(六)〉
芝村涼也　邂逅の紅蓮〈素浪人半四郎百鬼夜行(七)〉
芝村涼也　終焉の百鬼行〈素浪人半四郎百鬼夜行(八)〉
芝村涼也　追憶の翰《かん》〈素浪人半四郎百鬼夜行(拾遺)〉
真藤順丈　畦と銃
柴崎竜人　三軒茶屋星座館1〈冬のオリオン〉
柴崎竜人　三軒茶屋星座館2〈夏のキグナス〉
柴崎竜人　三軒茶屋星座館3〈春のカリスト〉
柴崎竜人　三軒茶屋星座館4〈秋のアンドロメダ〉
周木律　眼球堂の殺人〈~The Book~〉
周木律　双孔堂の殺人〈~Double Torus~〉
周木律　五覚堂の殺人〈~Burning Ship~〉
周木律　伽藍堂の殺人〈~Banach-Tarski Paradox~〉
周木律　教会堂の殺人〈~Game Theory~〉

周木律　鏡面堂の殺人〈~Theory of Relativity~〉
周木律　大聖堂の殺人〈~The Books~〉
下村敦史　闇に香る嘘
下村敦史　生還者
下村敦史　叛《はん》徒《と》
下村敦史　失踪者
下村敦史　緑の窓口〈樹木トラブル解決します〉
九把刀 阿井幸作／泉京鹿 訳　あの頃、君を追いかけた
杉本苑子　孤愁の岸(上)(下)
鈴木光司　神々のプロムナード
鈴木英治　大江戸監察医
杉本章子　お狂言師歌吉うきよ暦
杉本章子　大奥二人道成寺〈お狂言師歌吉うきよ暦〉
諏訪哲史　アサッテの人
菅野雪虫　天山の巫女《みこ》ソニン(1)　黄金の燕
菅野雪虫　天山の巫女《みこ》ソニン(2)　海の孔雀
菅野雪虫　天山の巫女《みこ》ソニン(3)　朱烏《あけがらす》の星
菅野雪虫　天山の巫女《みこ》ソニン(4)　夢の白鷺
菅野雪虫　天山の巫女《みこ》ソニン(5)　大地の翼

田辺聖子　私的生活
田辺聖子　苺をつぶしながら
田辺聖子　不機嫌な恋人
田辺聖子　女の日時計
谷川俊太郎訳　和田誠絵　マザー・グース　全四冊
立花隆　中核VS革マル（上）（下）
立花隆　日本共産党の研究　全三冊
立花隆　青春漂流
滝口康彦　粟田口の狂女〈レジェンド歴史時代小説〉
高杉良　労働貴族
高杉良　広報室沈黙す（上）（下）
高杉良　炎の経営者（上）（下）
高杉良　小説 日本興業銀行　全五冊
高杉良　社長の器
高杉良　その人事に異議あり〈女性広報主任のジレンマ〉
高杉良　人事権！
高杉良　小説消費者金融〈クレジット社会の罠〉
高杉良　小説 新巨大証券（上）（下）
高杉良　局長罷免―小説通産省

高杉良　首魁《しゅかい》の宴《うたげ》〈政官財腐敗の構図〉
高杉良　指名解雇
高杉良　燃ゆるとき
高杉良　挑戦つきることなし〈小説ヤマト運輸〉
高杉良　銀行大合併〈短編小説全集（上）〉
高杉良　エリートの反乱〈短編小説全集（中）〉
高杉良　金融腐蝕列島（上）（下）
高杉良　銀行大統合〈小説みずほFG〉
高杉良　勇気凜々
高杉良　混沌《こんとん》 新・金融腐蝕列島（上）（下）
高杉良　乱気流（上）（下）
高杉良　小説 会社再建
高杉良　小説 ザ・ゼネコン
高杉良　新装版 懲戒解雇
高杉良　新装版 大逆転！〈小説 三菱・第一銀行合併事件〉
高杉良　新装版 バンダルの塔
高杉良　第四権力〈巨大メディアの罪〉
高杉良　巨大外資銀行
高杉良　最強の経営者〈アサヒビールを再生させた男〉

高杉良　リベンジ〈巨大外資銀行〉
高杉良　新装版 会社蘇生
竹本健治　新装版 匣《はこ》の中の失楽
竹本健治　囲碁殺人事件
竹本健治　将棋殺人事件
竹本健治　トランプ殺人事件
竹本健治　狂い壁 狂い窓
竹本健治　涙《るい》香《こう》迷《めい》宮《きゅう》
竹本健治　新装版 ウロボロスの偽書（上）（下）
竹本健治　ウロボロスの基礎論（上）（下）
竹本健治　ウロボロスの純正音律（上）（下）
高橋源一郎　日本文学盛衰史
高橋克彦　写楽殺人事件
高橋克彦　総門谷
高橋克彦　炎立《ほむら》つ　壱 北の埋み火
高橋克彦　炎立つ　弐 燃える北天
高橋克彦　炎立つ　参 空への炎
高橋克彦　炎立つ　四 冥き稲妻
高橋克彦　炎立つ　伍 光彩楽土〈全五巻〉

講談社文庫　目録

高橋克彦　火　怨　〈北の燿星アテルイ〉(上)(下)
高橋克彦　水　壁　〈アテルイを継ぐ男〉
高橋克彦　天を衝く(1)～(3)
高橋克彦　風の陣　一　立志篇
高橋克彦　風の陣　二　大望篇
高橋克彦　風の陣　三　天命篇
高橋克彦　風の陣　四　風雲篇
高橋克彦　風の陣　五　裂心篇
髙樹のぶ子　オライオン飛行
田中芳樹　創竜伝1〈超能力四兄弟《ドラゴン》〉
田中芳樹　創竜伝2〈摩天楼の四兄弟《ドラゴン》〉
田中芳樹　創竜伝3〈逆襲の四兄弟《ドラゴン》〉
田中芳樹　創竜伝4〈四兄弟《ドラゴン》脱出行〉
田中芳樹　創竜伝5〈蜃気楼都市《ミラージュ・シティ》〉
田中芳樹　創竜伝6〈染血の夢《ブラッディ・ドリーム》〉
田中芳樹　創竜伝7〈黄土のドラゴン〉
田中芳樹　創竜伝8〈仙境のドラゴン〉
田中芳樹　創竜伝9〈妖世紀のドラゴン〉
田中芳樹　創竜伝10〈大英帝国最後の日〉
田中芳樹　創竜伝11〈銀月王伝奇〉
田中芳樹　創竜伝12〈竜王風雲録〉
田中芳樹　創竜伝13〈噴火列島〉
田中芳樹　魔　天　楼〈薬師寺涼子の怪奇事件簿〉
田中芳樹　東京ナイトメア〈薬師寺涼子の怪奇事件簿〉
田中芳樹　巴里《パリ》・妖都変〈薬師寺涼子の怪奇事件簿〉
田中芳樹　クレオパトラの葬送〈薬師寺涼子の怪奇事件簿〉
田中芳樹　黒蜘蛛島《ブラックスパイダー・アイランド》〈薬師寺涼子の怪奇事件簿〉
田中芳樹　夜　光　曲〈薬師寺涼子の怪奇事件簿〉
田中芳樹　魔境の女王陛下〈薬師寺涼子の怪奇事件簿〉
田中芳樹　タイタニア1〈疾風篇〉
田中芳樹　タイタニア2〈暴風篇〉
田中芳樹　タイタニア3〈旋風篇〉
田中芳樹　タイタニア4〈烈風篇〉
田中芳樹　タイタニア5〈凄風篇〉
田中芳樹　ラインの虜囚
田中芳樹　新・水滸後伝(上)(下)
田中芳樹　幸田露伴　原作　運　命〈二人の皇帝〉
田中芳樹　土屋　守　「イギリス病」のすすめ
田中芳樹　皇名月　文　画文　中国帝王図
田中芳樹　赤城　毅　中欧怪奇紀行
田中芳樹　編訳　岳　飛　伝(一)〈青雲篇〉
田中芳樹　編訳　岳　飛　伝(二)〈烽火篇〉
田中芳樹　編訳　岳　飛　伝(三)〈風塵篇〉
田中芳樹　編訳　岳　飛　伝(四)〈悲曲篇〉
田中芳樹　編訳　岳　飛　伝(五)〈凱歌篇〉
高田文夫　TOKYO芸能帖〈1981年のビートたけし〉
髙村　薫　李　歐《りおう》
髙村　薫　マークスの山(上)(下)
髙村　薫　照　柿(上)(下)
多和田葉子　犬　婿　入　り
多和田葉子　尼僧とキューピッドの弓
多和田葉子　献　灯　使
高田崇史　QED〈百人一首の呪《しゅ》〉
高田崇史　QED〈六歌仙の暗号〉
高田崇史　QED〈ベイカー街の問題〉
高田崇史　QED〈東照宮の怨〉
高田崇史　QED〈式の密室〉

2021年6月15日現在